Dagboek van een Duitse soldaat

Een roman uit de Tweede Wereldoorlog

RICHARD G. HOLE

Dagboek van een Duitse soldaat
Een roman uit de Tweede Wereldoorlog

Richard G. Hole

Tweede Wereldoorlog

SAMENVATTING

Dit offensief dat we op het punt staan te beginnen, kan misschien het verstikkende pantser dat ons omringt afzwakken. God verhoede.

Anders zal ons prachtige land, het mooiste land ter wereld en tot voor kort helaas het sterkste, de laars van de indringer kennen.

Sinds de tijd van Napoleon zijn we er nog nooit zo dichtbij geweest, en ik denk ook niet dat we dat ooit zullen zijn in de komende eeuwen, want deze oorlog zal de laatste van alle oorlogen moeten zijn.

Dat is tenminste wat de geallieerden zeggen, hoewel ze het ook geloven?

Dagboek van een Duitse soldaat is een verhaal dat behoort tot de collectie van de Tweede Wereldoorlog, een reeks oorlogsromans ontwikkeld in de Tweede Wereldoorlog

DAGBOEK VAN EEN DUITSE SOLDAAT

EERSTE DEEL

6 december.

We zijn nu zeven dagen op deze plek. Zeven dagen inactiviteit lijkt veel als je nadenkt over alles wat we tot nu toe hebben gedaan, maar voor de troepen en voor ons leken ze erg kort. We rustten.

Ik heb geschreven dat we rusten. Hij had moeten zeggen dat we ons voorbereiden, want dat is wat we doen: ons voorbereiden op de aanval. Wie dacht dat Duitsland al verslagen was, bloedde, en nu zag hoe de treinen beladen met troepen en materieel in dit gebied van de Eifel arriveerden (ik heb tot honderd kranten geteld), zou kunnen denken dat hij het bij het verkeerde eind had, dat het land behoudt nog steeds zijn kracht.

Maar laten we onszelf niet voor de gek houden. Deze troepen zijn de laatste sintels van het vuur. Voor het eerst sinds 1918 bevinden de vijanden zich dicht bij onze grenzen. Hier voor ons. Ze zijn dicht bij ons land, ze omringen ons. Ze hebben het Saarland al bereikt en bedreigen Keulen. De Russen naderen Boedapest met gedwongen marsen ... de Engelsen zijn terug in Griekenland ... God, wat haat ik het om dit allemaal te moeten schrijven. De pen weigert dit.

Aan de andere kant kan dit offensief dat we op het punt staan te beginnen, misschien het verstikkende pantser dat ons omringt afzwakken. God verhoede. Anders zal ons prachtige land, het mooiste land ter wereld en tot voor kort helaas het sterkste, de laars van de indringer kennen. Sinds de tijd van Napoleon zijn we er nog nooit zo dichtbij geweest, en ik denk ook niet dat we dat ooit zullen zijn in de komende eeuwen, want deze oorlog zal de laatste van alle oorlogen moeten zijn.

Dat is tenminste wat de geallieerden zeggen, hoewel ze het ook geloven?

Maar ik ben geen schrijver of historicus. Ik ben gewoon een soldaat. Daarom is dit het dagboek van een soldaat. Een dagboek dat ik voor mezelf schrijf omdat ik anders gek zou worden. Geen retoriek meer:

harde feiten. Ik laat het aan anderen over om getrouw de oorzaken van de oorlog te beschrijven, de redenen voor onze nederlagen.

De feiten?

Ik, Ulrich Tagger, majoor van de Tweede Divisie van het Duitse Vijfde Pantserleger, ben in de buurt van Pronsfield, met mijn divisie, met mijn leger. Hier zijn onze trouwe «Panters», onze trouwe «Tijgers», geolied, schoon, voorzien van munitie en olie "O, olie, wat ben je duur en hoe weinig zien we je nu, sinds we die prachtige Roemeense velden hebben verloren". Ja, we zijn er klaar voor. Zodat?

Gisteren nog sprak ik met een "assistent" van Von Manteuffel, commandant van het Vijfde Pantserleger.

"Tagger" zegt me ". Ze kunnen het nog steeds niet eens worden.

'In naam van... Haller, wat is er met je aan de hand?

"Dat kunnen ze niet eens zijn. De Führer heeft het ene gezegd, Von Rundstedt het andere, Model zegt het andere en ik zeg dat als we niet opschieten, we het niet kunnen doen.

'Wat doen, Haller?

Haller, lang, mager als riet, met een fijn Pruisisch hoofd en donker haar, kijkt om zich heen.

'Is dat Hagen-monster niet in de buurt?

"Nee, nee" antwoord ik ongeduldig "Hoe moet je Hagen nu noemen?

"Ik zou niet willen dat je hoort wat ik ga zeggen" Hagen "zeg ik een beetje stijfjes", hij is een van mijn beste officieren. Of liever: de beste van mijn tankbazen.

'Ik weet het, ik weet het, en ik zou de laatste zijn om zijn verdiensten te ontkennen; maar de laatste keer dat het bij me opkwam om in het bijzijn van hem te spreken over een gesprek dat ik van de generaal had gehoord, herhaalde hij het in een herberg voor een groep officieren, en voegde er enkele opmerkingen van zijn eigen hand aan toe.

Ik probeer niet te glimlachen. Ik herinner me het geval: Hagen zei dat als een kudde apen dezelfde pinda wil eten, een van hen het zal krijgen, en deze zal waarschijnlijk de sterkste zijn, niet de slimste.

'Vergeet Hagen,' zeg ik. "Nu is hij niet hier, maar waarschijnlijk in het dorp.

"De liefde bedrijven met sommigen...

'Nou, het punt is dat hij er niet is. Wat wilde je me vertellen?

"Tagger, er zijn twee verschillende meningen over wat we moeten doen. De ene, die van de Führer, de andere die van Rundstedt. De Führer wil de Amerikanen en Engelsen direct in zee gooien. Direct. Nu al. Rundstedt en Model prefereren een reeks flakes in het noorden, die dat speerpunt waarmee de Amerikanen Keulen bedreigen ongedaan kunnen maken. Het zou kunnen zonder veel mensen te verliezen.

"Als ik zeg ". Ik heb de kaart vele malen bekeken en hoewel ik geen stafofficier ben, weet ik wat je bedoelt. Om de Amerikanen en de Engelsen in zee te lanceren, moet je van daaruit aanvallen, richting Antwerpen.

"Precies. De geallieerden hebben de haven van Antwerpen nog niet in gebruik genomen. Als we er kunnen komen, hebben we ze een bot gediend waar ze waarschijnlijk niet aan kunnen knagen. Het plan van de Führer is niet slecht; maar zullen we genoeg kracht om het uit te voeren? Rundstedt en Model geloven van niet. En dat is de situatie. Uiteindelijk zul je zien hoe dat in ieder geval het plan is dat zal worden uitgevoerd, om aan te vallen richting Antwerpen.

"Ja" antwoord ik. "De sterkste aap zal de pinda gegeten hebben.

'Herhaal zulke zinnen niet. En als je probeert te zeggen dat de Führer niet de slimste is...

Dat is de situatie. Maar haar vastberadenheid hangt af van sterkere en capabelere schouders dan de mijne. Of we nu aanvallen richting Antwerpen, de Ardennen en de Belgische vlakte splitsen, of als we ons inzetten om de Engelsen en de Amerikanen in het noorden te ontvangen, mijn taak zal hetzelfde zijn: in mijn «Tiger» glippen, mijn helm opzetten en leid de machine en probeer zoveel mogelijk Engelse "Centurions" te vernietigen zonder mij te vernietigen.

En dat zal ik doen: mijn verplichting nakomen. Ik ben een soldaat.

7 december.

Haller had gelijk. Hagen is een spawn, een kracht van de natuur, een heilige stier, de grote genitale! Is het niet genoeg voor de zorgen die inherent zijn aan een oorlog waarin Duitsland alles riskeert, zijn bestaan zelf, maar eerder dat het op zoek moet naar bijkomende complicaties?

Dieter Hagen is mijn beste aanvoerder. En zeker de beste kapitein van de divisie, en waarschijnlijk de beste tankkapitein van het Vijfde Leger. Dat wordt door niemand ontkend. Dat wordt door de anderen met gedempte stem gezegd, en door hemzelf met zeer luide stem. Daarover zijn we het dus allemaal eens.

Maar in andere dingen...

Verder is hij een echte duivel, zo ondoorgrondelijk als een tyfoon in de Stille Oceaan.

Met vrouwen natuurlijk. En in veel gevallen met mannen.

Als het leven alleen uit veldslagen zou bestaan, zou Hagen vechten, hij zou elke ochtend een IJzeren Kruis met eikenbladeren ontvangen en iedereen zou blij zijn een held aan zijn zijde te hebben.

Maar het gebeurt zo dat er zelfs in oorlog momenten van vrede zijn, van rust, terwijl de volgende aanval wordt voorbereid of de volgende terugtrekking wordt georganiseerd. En het is op die momenten dat Hagen het harige oor van de sater uitsteekt.

En hoe het eruit ziet!

Ik ga niet zeggen dat alle rokken goed voor hem zijn. Nee helemaal niet; dat zou hem beledigen, hem ernstig verwonden. Niet; wat er gebeurt, is dat hij de "beste rok" kan vinden waar hij ook gaat. Het heeft geen zin voor die vrouw om begraven te worden op de bodem van een kelder, op de top van de meest lommerrijke boom. Hagen zal haar ontdekken, met haar vrijen en haar verleiden zo zeker als de zon dagelijks opkomt in het Oosten en ondergaat in het Westen.

We hebben samen gevochten in Italië, in Frankrijk en nu hier, in ons eigen land. Overal heeft hij hetzelfde gedaan. En ik weet dat hij het eerder heeft gedaan in Griekenland, in Noord-Afrika. Als hij nu nog maar een kapitein is en geen kolonel op zijn dertigste en na vijf jaar oorlog, heeft dat twee oorzaken: de eerste, zijn al lang bestaande gewoonte om slecht te spreken over superieuren en commando's. De tweede, voor vrouwen. Zonder die twee facetten van zijn karakter is het bijna zeker dat hij nu degene zou zijn die mij bevelen zou geven in plaats van ze van mij te ontvangen.

Ik hou natuurlijk van vrouwen, want ik ben een jonge, gezonde en normale man. Maar om van daaruit redenen voor verleiding te vinden, zowel in een Libisch meisje met de kleur van nootmuskaat, als in een Italiaanse matrone met mahonie haar, in een gestileerde Parijzenaar met saffraan haar of in een Belg met porseleinen ogen ..., er is veel van afstand.

Wel, die afstand wordt door Hagen desnoods in twee sprongen afgelegd. Als ze hem hadden toegewezen aan Rusland, waar hij bij vele gelegenheden door de scherpte van een scheermes is bevrijd, zou de telling van kinderen in dat vervloekte land met een flink aantal eenheden zijn toegenomen.

Maar zijn laatste prestatie heeft de grenzen verlegd. Ja, het heeft hen overtroffen, want dit is niet Griekenland, of Libië, zelfs niet Frankrijk of Italië, dit is Duitsland, het vaderland.

Hier gelden nog steeds goede Duitse wetten. Waarom kan die man in godsnaam niet gewoon stil zitten en zijn hormonen met rust laten?

Ik ga het relateren. Per slot van rekening heb ik na de dagelijkse ontmoeting met de brigadecommandant, na de routine-inspectie van de machines, na te hebben gecontroleerd of de mannen geen enkel stukje discipline hebben verloren, nauwelijks iets te doen.

"Ja, ik herken het.

Oberst Pieck is de eerste die me opblaast. Hij is het hoofd van het regiment en zijn borst is overvol met medailles.

"Tagger" zei hij tegen me. Heb je gehoord van het laatste wapenfeit van je kapitein?

"Het is niet" mijn "kapitein, kolonel", antwoordde ik respectvol. Hij is "een" van de kapiteins van het regiment.

"Oberst" Pieck, die amper twee jaar ouder is dan ik, heeft het gezicht van "geef me geen onderscheid en blijf bij de blote feiten."

"Ik wil het pas weten als de klacht officieel is ingediend: maar Hagen heeft iets gedaan dat rechtstreeks naar een militaire rechtbank kan leiden. Wat er zeker toe zou leiden, tenzij de situatie niet genoeg is om ons van een kapitein te beroven.

"Van een van de beste kapiteins" antwoord ik, altijd met hetzelfde respect.

'Het is oké. Van een van de beste kapiteins, zo je wilt; maar tegelijkertijd een van de meest onhandelbare, compromitterende en bijtende elementen die in het Duitse leger kunnen voorkomen.

Ik wacht tot het wordt uitgelegd, als je dat wilt. Wil blijkbaar niet.

'Wacht, als je er nog niet achter bent gekomen, dan zul je zien of je een van je gebruikelijke excuses voor hem vindt.

Ik ben heel voorzichtig om hem niet te vertellen dat hij andere keren zelf excuses heeft gevonden. Zoals, bijvoorbeeld, toen Hagen in Reims hem uit een brandende auto haalde, met bijna absoluut gevaar voor zijn eigen leven, en hem een uur lang in zijn armen droeg totdat hij onze lijnen weer vond.

En met hem in zijn armen, want Pieck was flauwgevallen, vocht hij een duel uit met Franse verzetslieden met pistoolschoten.

Nee, die dingen kun je niet tegen een kolonel zeggen. Laat hem ze onthouden.

Het was Gefreiter Behme die het me een half uur later uitlegde. De korporaal is meestal Hagen's Sancho Panza. Hij volgt hem overal, geeft hem advies dat hij zelf snel weigert, en dekt hem in die avonturen waarin het nodig is om vier handen, vier voeten en twee pistolen te gebruiken. In zijn vrije tijd is hij uw wagenschutter.

'Korporaal' zeg ik tegen Behme, die fluit terwijl hij de Hagen's 'Tiger' vasthoudt". Je gaat me uitleggen in welke nieuwe problemen de kapitein is verzeild geraakt.

'Hoe, mijnheer de commandant?' Vraagt hij met een dom gezicht.

'Behme, ik wil geen tijd verspillen. Ik wil weten wat de kapitein heeft gedaan. En ik wil 'voor jou' weten.

Zijn gezicht blijft een vertoon van de meest geconcentreerde domheid.

'Ik begrijp niet wat de commandant bedoelt.

'Je zult het begrijpen als ik je arresteer. Kom op, Behme, je weet dat de kapitein er niet achter komt dat jij het was die het me vertelde. Weet je, nietwaar?

"Ja, mijnheer commandant" is waar de boef op wacht. De verzekering dat Hagen haar er niet uitgooit met hem als klokkenluider.

"Ik praatte.

"Nou... het is in zekere zin de burgemeester.

'In zekere zin, Behme?

'Dit... ja, mijnheer de commandant. Het lijkt erop dat als.

'De burgemeester van Pronsfield, Behme?

„Ja, mijnheer de commandant.

Ik ken haar. Een vrouw van in de dertig, met boterkleurig haar, een Noordse Juno in wie de natuur de buitengewone gril van twee bijna zuidelijke ogen plaatste, donker, helder en buitengewoon uitnodigend. Ik ken ook de burgemeester, een twee meter lange snotneus, met poten als boomstammen en een zuur karakter.

'Wat heeft de kapitein gedaan, Behme?' vraag ik gekoeld.

Hij kijkt me aan met de stereotiepe onschuld in zijn vossenleerlingen,

"Meneer commandant, misschien zou meneer Kapitein Hagen het beter uitleggen dan ik...

'Spreek op, Behme!

"Nou... We kunnen zeggen, commandant, dat de burgemeester kapitein Hagen vond in het gezelschap van de burgemeester en...

"Heilige God!

De ochtend is ijskoud. Van de Taunus, door de Moezelvallei, komt er een koude wind op ons af die sneeuw voorspelt voor binnenkort. Maar het is niet koud dat ik huiver.

'Wat is er gebeurd, Behm?

Hij gedraagt zich als een zwemmer die zich voorover in ijskoude golven gooit.

"Dhr. Kapitein Hagen schoot meneer Burgemeester neer en sloeg hem in elkaar.

Het is niet moeilijk voor mij om het te geloven. Dat is heel Hagen. Nadat je de vrouw hebt verleid, sla je de man. In vergelijkbare gevallen wordt het volledige pensioen opgenomen.

Ik wacht niet langer en richt me tot de Generale Staf van de Divisie, profiterend van het feit dat een "DKW" dat adres had. We hebben de machines verstopt in een dicht bos van kastanje- en beukenbomen, gehuld in camouflagestoffen. We hebben vaak de grote formaties van geallieerde bommenwerpers en hun fotografische vliegtuigen over ons zien vliegen en ze hebben zelfs nooit vermoed dat er, onder hen, 150 tanks klaar staan om aan te vallen zodra ze het bevel hebben gekregen.

De divisie generale staf is in Pronsfield, het leger in Bitburg. Ik was geïnteresseerd in de eerste van de twee.

Overal heerst een buitengewone activiteit. Zoals ik al zei, komen er dagelijks in enorme aantallen treinen in de Eifel, soms meer dan honderd. Dus, op het oog, en van wat ik heb gezien, kan ik berekenen dat hier niet minder dan twintig divisies zich moeten concentreren. Alles, onder de neus van de geallieerde vliegtuigen. Het is mogelijk? Als Duitser ben ik trots. Achterstallig? Ah! Je zult zien.

Op dit moment voelen we het donderende geluid boven de lage wolken. Misschien komen ze terug van het met de grond gelijk maken van enkele steden van ons land, van het op gruwelijke wijze vernietigen van duizenden kinderen, van het strippen van vrouwen en ouderen. De bestuurder van de "DKW" steekt zijn vuist in de lucht en vloekt, heel bleek.

In de Generale Staf van de Divisie, gehuisvest in een voormalig aristocratenpaleis, is veel bedrijvigheid. Auto's, motorfietsen met soldaten die onderdelen van de ene plaats naar de andere vervoeren, vullen de esplanade voor de Plaza Mayor. Radio en telegraaf zoemen aanhoudend.

In wat ooit een balzaal was van een voormalige markies of baron, is het zenuwcentrum van de operaties geïnstalleerd. Officieren bestuderen de kaarten, ontvangen de onderdelen en stippelen hun plannen keer op keer uit. In zekere zin ben ik daar een beetje verdwaald; maar gelukkig heb ik goede vrienden. Een van hen is kolonel Von Simmenthal, die bij mij in het Gymnasium was toen we studenten waren, in de Schleswig.

Gebruikmakend van een moment waarop hij vrij lijkt te zijn, benader ik hem.

Hallo, Tagger. Hoe gaat het? Nog nieuws met de machines?

'Niets, meneer de officier' zeg ik respectvol, want er zijn veel officieren die naar ons luisteren en in die gevallen is vertrouwdheid niet gepast.

"Wilde je iets?

'Het gaat over Hagen, kolonel.

"Aha, Hagen...

Zijn ogen glanzen achter de luchtgemonteerde lenzen, een exacte kopie van die gedragen door de Aeichführer Himmler.

'Je bent in de problemen gekomen, nietwaar?

'Ik weet het niet zo goed, kolonel.

Hij beseft dat ik niet met anderen wil praten. Hij pakt me bij de arm en leidt me naar de kantine.

'Laten we koffie drinken', zegt hij.

We laten onze snorren zinken in dat afschuwelijke mengsel dat bestaat uit eikelsap en verbrande doek, spaarzaam gezoet met sacharine.

"Simmenthal" zeg ik ". Wat hebben ze met Hagen gedaan?

'Maar, beste Tagger, ik ben een kolonel van de generale staf, geen officier van de wacht.

"Wat ik wil zeggen is dat Hagen mijn beste man is en dat ik niet bereid ben om zonder hem te doen als we gaan.

"Wel goed; Maar wat kan ik doen?

Hij kijkt me aan, blijkbaar verbaasd. Ik laat me niet misleiden door zijn onschuldige uiterlijk.

'Ik wil dat je hem weghaalt waar hij is. U hebt de officier van de wacht aangesteld. Dat betekent dat je onder arrest staat.

"Ja, ik denk van wel.

'Nou, dan wil ik dat je desnoods met de generaal praat en Hagens arrestatie opheft.

'Man, Tagger, vind je niet dat je te veel vraagt?

"Niet.

Ik hoop dat mijn toon compromisloos genoeg klinkt. Het lijkt erop dat als.

"Ik zal doen wat ik kan. Ik weet dat Hagen... Wel, wel, ik zal doen wat ik kan.

'Geef me een pas om het te zien.

Ze brengen het me in een korte tijd.

Hagen is geplaatst in een kamer met een goed afgesloten deur. Dat betekent dat hij, zoals gebruikelijk, zijn erewoord niet heeft gegeven het gebouw niet te verlaten.

De dienstdoende officier begeleidt mij.

'Ze hebben toch een klacht tegen hem ingediend?' Ik vraag. Wat voor soort klacht?

Zijn ogen glanzen, net als die van Simmenthal. Het lijkt erop dat dit de reactie is die hij uitlokt in alle avonturen van Hagen.

"Agressie tegen het bestuursorgaan.

Dus ze hebben de burgemeester er niet uit willen halen.

Hij opent de deur van de kamer en laat me door.

7 december. Later

Hagen zit op een veldbed te roken, zijn tuniek is losgeknoopt. Hij kijkt me aan als hij binnenkomt en knipoogt naar me. Zodra de officier van de wacht vertrekt, spreid ik mijn benen en steek mijn duimen in mijn riem.

'Nou, stuk beest, wat heb je nu gedaan?

"Hebben ze het je niet verteld?

"Ik wil dat je me vertelt..." jij. "

Uit wat ik over Hagen heb geschreven, kun je je voorstellen dat hij geen gewone man is. Het kan geen man zijn die slechts één blik werpt om een vrouw van streek te maken, vijf seconden om de beste manier te vinden om een tank met een grotere tonnage dan de zijne aan te vallen en te vernietigen, en tien minuten om een gepantserd regiment van een veld te verwijderen. waarin het niet goed kan manoeuvreren om het in een ander te plaatsen waar het met alle voordelen kan functioneren.

Hij is lang, met ankerschouders en smalle heupen. Voor zover ik weet, is er geen enkele zuiderling onder zijn voorouders; maar hij heeft donker haar en bruine ogen. Zijn handen zijn groot en behaard; zijn nek, stevig; zijn benen, recht als kolommen.

"Ken je Ana?" Hij vraagt het mij.

"Ja ik ken haar. "Ik weet het" ze is de vrouw van een andere man, en die verdomde grappige aap had dat moeten denken.

'Hou je mond. Je vroeg me en ik antwoord je. Wil je het horen of niet?

"Spreek, verdomme!

"Wel dat. Als je haar kent, wat kan ik dan nog toevoegen? Ik vertelde haar dat ze mooie ogen had en ze sloeg haar armen om mijn nek. Haar man arriveerde op dat moment.

'Je gaat me niet vertellen dat je 's nachts bij hem thuis was, alleen om hem te vertellen dat hij mooie ogen had.

Hij kijkt me spottend aan en sluit zijn mond.

"Nou, wat heb je met die arme man gedaan?

'Houd hem ervan weerhouden mij iets aan te doen.

'Wat heb je met hem gedaan?'

"Ik heb hem horizontaal neergezet. Sommige roddelaars voegen eraan toe dat ik het geschopt heb, maar dat detail kan ik me niet herinneren. Er zijn bepaalde gaten in mijn geheugen, Ulrich.

"Weet je dat het slaan van een burgemeester niet zo onschuldig is als het drinken van een liter wijn? Je weet wel?

"Ik heb er een vaag idee van.

'En dat dat je voor de Militaire Rechtbank kan brengen?

"Dat, al...

Hij haalt zijn schouders op.

"Kijk" zeg ik terwijl ik hem nader. Er worden zeer ernstige zaken voorbereid. Hierdoor zullen wij ervoor zorgen dat jou niets overkomt... voorlopig vanwege deze vuile klus. Anders kan ik je verzekeren dat ik je in deze kamer zou laten wegrotten tot een rechtbank je ergens anders toewijst.

Hij kijkt me vreemd aan.

'En hoe weet je, Ulrich, dat ik dit vuile werk niet heb gedaan om te voorkomen dat ik betrokken raakte bij die ernstige gebeurtenissen waarover je spreekt?

Ik voel het bloed koud in mijn aderen stromen als ik het hoor. Kan niet zijn. Het is onmogelijk. Dieter Hagen had zoiets niet kunnen doen. Mijn oren bedriegen me.

Ik kan bijna niet stamelen:

"Wat de hel doe je...?

Hij staat op en geeft me een klap op mijn schouder.

"Kom op, kom op, Ulrich, trek niet zo'n bang gezicht. Ik heb geen excuus gemaakt om niet naar het front te gaan, als dat je angst aanjaagt. Het enige wat ik deed was een beetje onvoorzichtig worden. Ik had ook geen ik wou dat dat dier me zou vinden om zijn vrouw te troosten. Het was gewoon mijn slechte ster die hem naar binnen bracht toen Ana's oor heel dicht bij mijn mond was.

Ik trek me terug, enigszins gerustgesteld. Ikzelf heb mezelf de afgelopen maanden vaak verrast door te denken dat ik de oorlog al zat was en dat ik alleen maar ergens rustig kon rusten en de rest van mijn dagen kon doorbrengen zonder voortdurend de beste manier te bedenken om een medemens van mij te vernietigen. Maar ik ben erin geslaagd om die slechte gedachten te verdrijven, zoals mijn plicht is, en ze te vervangen door het idee dat als we gedemoraliseerd raken, wat zal er van ons land worden? Ik moet geen enkel moment onderdak bieden aan zulke defaitistische gedachten.

'We zullen voor je doen wat we kunnen,' zeg ik tegen hem. Maar als je hier weggaat, zal ik ervoor zorgen dat je niet meer van mijn kant gaat, en ik zal mijn ogen geen moment van je afhouden.

Ik sla de deur dicht, terwijl hij daar grijnzend staat. Die verdomde rokkenjager weet heel goed dat we het nodig hebben, dat als elke man die in staat is een geweer op te tillen en de trekker over te halen nodig is voor ons land, hij, die weet hoe hij nog veel meer dingen moet doen, essentieel is.

Bij de paleispoort zie ik de officier van de wacht met een groep mensen praten. De burgemeester is er, en haar man is er ook.

Wat bracht je in een horizontale positie? Ha! Het gezicht van de burgemeester onthult voor de meest verblinde ogen de sporen van de mishandeling die hij heeft ondergaan. Hij had net zo goed op een donkere nacht over de kettingen van een tank kunnen struikelen; dat zijn de sporen die Hagens vuisten op zijn brute gezicht hebben achtergelaten.

En de burgemeester? Onder haar grijze stoffen jas, die niet genoeg is om haar prachtige vormen als vrouw in de bloei van haar leven te verbergen, lijkt ze glimlachend, haar ogen vernauwd, haar rode mond op een kier om twee rijen gepolijste tanden te onthullen.

Haar man praat met de officier en zwaait met zijn handen. Tussen zijn paarsachtige lippen is de deuk van een tand zwart, waarschijnlijk weggerukt toen hij een eer probeerde te verdedigen die hij niet interesseerde om verdedigd te worden.

Eindelijk pakt de vrouw haar man bij de arm, zegt zachtjes iets tegen hem en ze draaien zich om. Er zijn al veel soldaten en een paar landgenoten, die het paar met ironische belangstelling gadeslaan.

8 december.

Vandaag hield dominee Finstenmeier een campagnemis omdat het een zeer prominente katholieke feestdag was. Onze Beierse en Oostenrijkse soldaten hebben in groten getale deelgenomen.

Ondertussen komt slecht nieuws overal vandaan. De Russen zijn veertig kilometer van Boedapest verwijderd en vandaag hebben ze ons het nieuws verteld dat de Engelsen Ravenna, in Italië, hebben bezet. Volg het hek.

Hagen is niet teruggekeerd en ik heb niet naar Pronsfield kunnen reizen. Mijn plicht is tenslotte hier in het camouflagekamp. Maar ik heb met "Oberst" Pieck gesproken, die altijd blij lijkt te zijn de brenger van slecht nieuws te zijn. Hij was degene die me over Boedapest vertelde.

"Blijkbaar wil de burgemeester koste wat het kost gerechtigheid", vertelde hij me toen hij ervoor zorgde dat ik het verhaal kende. " En het verbaast me niet. Hagen kan zich niet gedragen alsof hij op veroverd terrein is. Dit is geen Italië.

'Nee, meneer Kolonel' antwoord ik respectvol.

'Als het niet was omdat we hem nodig hebben... Man, ik vind slapen met een dertigjarige vrouw geen misdaad; maar je moet wel enig respect hebben voor de bespotte echtgenoot. Vind je Tagger niet?

'Inderdaad, kolonel, en ik heb het aan kapitein Hagen laten weten.

'In het geval dat de zaak wordt uitgesteld, zal kapitein Hagen onder uw toezicht staan, Tagger, en bent u verantwoordelijk voor wat u doet. Ik wil dat dit goed wordt begrepen.

„Ja, kolonel.

Ik moet 'ja' antwoorden, kolonel, maar wat u mij opdraagt te doen, is de directe verantwoordelijkheid nemen dat de sirocco geen schade toebrengt aan een bedoeïenenkaravaan in de woestijn. Ik kan Hagen bedreigen met mijn surveillance, maar kan ik mezelf verantwoordelijk houden? De lading zal zwaar zijn.

Niet dat ik zo opgewonden ben over het idee om met de tanks voor de vijand op te rukken, maar ik zou het bijna, bijna wensen. Ik weet tenminste dat Hagen tijdens de actie naar zichzelf kijkt.

9 december.

De Amerikanen rukken op aan het Saarfront. Over de overtreding is nog niets bekend. De uren gaan langzamer dan ooit voorbij.

Ik zit te schrijven in een van de kamers van de boerderij waar de brigade het verbindingsbureau heeft laten installeren. Een dichte mist, kouder dan wanneer we in Groenland waren, is neergedaald op het platteland.

We drinken cognac en cognac om op te warmen. Ik heb een zeer zware bewaker gehad, omdat 's nachts de alarmen zijn afgegaan. Honderden geallieerde vliegtuigen zijn over ons heen gevlogen. Het gebrul van zijn motoren was als het slaan van een gigantische contrabas. Zelfs de aarde schudde.

Gelukkig hebben ze geen idee dat we hier zijn. Anders...

Hagen? Hij gaat verder in de Generale Staf van de Divisie. Ik heb van u gehoord via Gefreiter Behme. Ervan uitgaande dat de verdomde korporaal zijn kapitein op de een of andere manier zou kunnen zien, heb ik hem sigaretten en cognac meegebracht. Als hij terugkomt, vertelt de korporaal me dat het met de kapitein goed gaat en dat hij beide onmiddellijk heeft geëerd.

"Blijkbaar", vervolgt hij, "heeft burgemeester Wald gezegd dat hij de beschuldiging zou intrekken als de kapitein persoonlijk zijn excuses zou aanbieden.

Terwijl hij het zei, keek de korporaal me niet aan. Hij leek erg geïnteresseerd in het zweven van een koninklijke vink.

'Wat bedoel je? Wie heeft je dit nieuws gebracht, Behme?

'Nou... niemand in het bijzonder, mijnheer de commandant. Ik heb het ergens gehoord.

"Waar? Naar wie?

'Daar, mijnheer de commandant. Ik beschouw mezelf niet in staat te onthouden waar of aan wie.

Het zou me niet verbazen als deze bergante erdoor is vermengd. Hij is heel goed in staat om dit op bevel van zijn kapitein te doen.

10 december.

Gebruikmakend van een korte pauze, waarin mijn aanwezigheid blijkbaar niet nodig was, ben ik naar Pronsfield gegaan, vijf kilometer verwijderd van waar we kamperen.

Ik heb van een van mijn vele uitstekende vrienden vernomen dat de aanklacht inderdaad kan worden ingetrokken. In dit geval was het een commandant die bij mij was in Parijs, in hetzelfde ziekenhuis, die het mij vertelde. Hij is de secretaris van de militaire rechter, kolonel Weiberg, dus u moet het goed weten.

'Ik ga je in vertrouwen vertellen dat burgemeester Wald er bang uitziet. Kun je het geloven?

"Ik denk het wel.

"Het is niet zo dat kolonel Weiberg staat te popelen om een proces tegen Hagen uit te voeren; Maar als je onder druk staat, moet je wel. We hebben gesproken met de burgemeester en zijn vrouw... Trouwens, Tagger, heb je gezien welk stuk vrouw?

"Ja. Maar terug naar Hagen...

Welke ogen, welke benen en wat...; maar verdorie, als je haar hebt gezien, hoef ik je niet te verontschuldigen. Ik verzeker je dat ik het op geen enkele manier erg zou hebben gevonden dat ook ik in mijn eentje een kleine verovering van haar had ondernomen. Maar de dingen lijken niet zo goed voor een liefdesdelict.

'Terug naar Hagen...' herhaal ik geduldig.

"Nou, het lijkt... en merk op dat ik blijkbaar zeg: 'Herr' Wald heeft enkele hints gekregen over wat er met hem zou kunnen gebeuren als het proces door zou gaan en hij lijkt erop gebrand om de zaak te regelen. Zolang Hagen excuses maakt voor hem.

"In het openbaar?" vroeg hij geschokt. Ik weet dat Hagen dat niet zal doen, zelfs niet als zijn nek in een henneptouw is vastgebonden.

"Man nee. Goh, het is niet zo erg. Ik bedoel vanuit het oogpunt van een man als Wald, niet veel meer dan een boer. "Herr" Wald zal tevreden zijn zijn administraties te laten weten dat een officier zich had verontschuldigd, ook al zagen ze hem dat niet doen. 'Herr' Wald is op zijn eigen manier een patriot. Hij beseft dat we in oorlog zijn en dat officieren een aantal privileges moeten hebben.

'Misschien kan dat wel,' zeg ik nadenkend.

"Nou, dan zou alles goed komen. Maar ik zou graag willen weten wie Wald bang heeft gemaakt. Misschien zijn vrouw. Ik heb gemerkt dat het zeer capabel is om het te doen.

Ik denk aan korporaal Behme en zijn toewijding aan Hagen, maar ik beschouw het niet als mijn plicht hem te informeren. Hij is tenslotte de griffier van de rechter-commissaris, niet ik.

Ik vraag om Hagen te spreken, maar ze zeggen dat dat niet kan.

11 december.

Niets in het bijzonder, behalve dat, aangezien er steeds meer troepen in de Eifel aankomen, we op elkaar zullen moeten klimmen. Vandaag heb ik twee treinen met soldaten van het Russische front zien komen. Het moet slecht aflopen voordat ze de troepen daar weg kunnen halen, onder de brute druk van de Sovjet-'verdammters' op alle fronten. Ze komen met de gescheurde kleren, de gehallucineerde ogen en de angst in de pupillen. Ik rookte een sigaret met een van de agenten, maar ze zwijgen als dood. Ze willen 'dat' niet noemen.

12 december.

De Russen rukken op ten noordoosten van Boedapest. Wat gaat alles slecht! Duizenden geallieerde vliegtuigen hebben het thuisland gebombardeerd. Ik stel me voor dat mijn oude moeder daar aan de Schleswig redelijk veilig zal zijn. Er is daar niets dat de beesten kan verleiden die zowel een militaire scheepswerf als een school bombarderen. Het is al een tijdje, bijna dertig dagen, dat ik geen brief van hem heb ontvangen. De radio maakt met grote omzichtigheid melding van de bombardementen. Hij wil natuurlijk niet dat we gedemoraliseerd worden.

Aha, er is nieuws. We hebben Hagen hier weer bij ons. Hij arriveerde vanmorgen, op tijd om een halve fles cognac te verzenden die ik had bewaard voor een betere gelegenheid. Hij heeft zich gedragen alsof er niets is gebeurd. Officieren hebben hem omsingeld en vragen gesteld; maar hij heeft ze uit de weg geruimd met een tijdige grap. Toen we alleen waren, vroeg ik hem wanneer ze hem hadden vrijgelaten en hij vertelde me dat het gisteravond was.

"Waar ben je allemaal geweest tot nu toe?" Ik vroeg hem.

"Je zou het je nooit kunnen voorstellen. Bij burgemeester Wald een fles Rijnwijn drinken met hem en "Frau" burgemeester. Ik ging smoesjes verzinnen en ik ben al blijven eten.

Terwijl hij het me vertelt, kijken zijn bruine ogen me sarcastisch aan. Hou me voor de gek? Nee, deze duivel houdt me niet voor de gek. Hij heeft inderdaad God leeft.

En als de burgemeester zich niet discreet heeft teruggetrokken zodat hij en zijn vrouw met genegenheid afscheid kunnen nemen ... Er zijn dingen die men niet begrijpt en ook nooit zal begrijpen, want de waarheid is dat al mijn gedachten over Hagen een beetje vertekend zijn door afgunst.

Er zijn mannen die,.., die in een andere eeuw geboren hadden moeten worden, bijvoorbeeld in de zestiende, en hij is er daar één van.

De mantel van "condottiero" zou hem hebben gepast, en het recht op leven en dood op alle vrouwen die hij met zijn zwaard kon veroveren.

Maar... had Hagen al die dingen echt nodig? Krijg je niet alles wat je wilt... nu, in de twintigste eeuw?

Bij het uitdelen van de geschenken is de natuur bij sommige mensen buitensporig uitbundig en bij anderen erg gierig. Hagen is een van de eersten. Ik, van de tweede. Kun je tegen het lot vechten?

13 december,

De dans gaat van het ene op het andere moment beginnen.

Ik ruik het. Ik ben een veteraan en ik denk dat die dingen. En net als ik, alle officieren. Het overleg tussen de commandanten van het regiment en die van de brigade, die van de brigade met die van de divisie ... En de extra rantsoenen die de troepen ontvangen en die "bijna" eetbaar zijn ... En de munitietreinen, en de enorme olietankers die we tien kilometer naar het noorden gecamoufleerd hebben gezien...

Alles, kortom, is als een mozaïek dat een goede soldaat, gehard in vele veldslagen, met alle correctheid weet te interpreteren. We gaan het vuur in.

Wanneer? Als ze me de vraag zouden stellen, zou ik zeggen dat misschien morgen... Nee, niet morgen. Overmorgen.

We blijven de hele tijd naast de auto's, of heel dicht bij hen. Vergunningen zijn verlopen.

Vandaag was er een distributie van cognac. De kou is extreem intens en het zal zeker van het ene op het andere moment sneeuwen.

Richting van de overtreding?

Ik heb met een artillerie-observatiekapitein gesproken. Hij vertelde me dat tussen Koblenz en Bonn een ander pantserleger stellingen had ingenomen. Ze zijn SS

Ik heb gezocht naar "Oberst" Pieck, en als hij me hoort fronst hij.

'Een SS 'Panzer'-leger? Het kan alleen de zesde zijn. Het is van recente formatie. Het zijn misschien goede mensen, maar ik betwijfel of ze de nodige ervaring hebben.

Druk als hij is, neemt Haller, de assistent van Von Manteuffel, een paar minuten voor me.

"Als het de Zesde "Panzer" is. Tagger, vallen we aan in de richting van de Ardennen.

"Wie voert het bevel over dat leger?

"Generaal Dietrich. "Sep" Dietrich.

Ik heb van hem gehoord als een goede militair, maar een kapitein negeert veel dingen.

'Dus de Führer is ermee weggekomen.

"Ik denk het wel. Hoe kan het ook anders? Rundstedt heeft doodgeschreeuwd, geweigerd om het uit te voeren, en Model heeft uiteindelijk het commando over de operatie gekregen.

En wat zegt de generaal?

Voor ons is en blijft "de generaal" de commandant van de Vijfde "Panzer": de "generaalalleutnant" von Manteuffel.

Hij was het er ook niet mee eens. Hij ging met Model mee om te zien ... "hij dempte zijn stem en kijkt om zich heen voor het geval iemand ons hoort" om kolonel-generaal Jodl te zien. Alles is nutteloos geweest. Het zal worden aangevallen door de Ardennen. Met wat, wees voorbereid.

'Dat zal ik zijn, aarzel niet.

Hoe had hij erachter kunnen komen? Als ik bij onze accommodatie aankom, ontmoet ik Hagen. Hij is gebogen over een kaart en meet zorgvuldig afstanden. Ik leun over zijn schouder en kijk wat hij aan het doen is: het is de kaart van de Ardennen, dat heuvelachtige, beboste gebied tussen België en Luxemburg, waar we waarschijnlijk over een paar uur vast zitten.

"Wat doe je?" Ik vroeg hem.

"Voorafgaande erkenning, beste Ulrich.

"Waarom juist op dit terrein?

"Want daar gaan we proberen de mestiezen en de Engelsen te verdrijven.

"Hoe weet je dat?

'Voorgevoel, Ulrich. En jij weet het ook. Wij zijn een stel wijze oude honden; Dus waarom houden we onszelf voor de gek?

Je wijsvinger is stevig geplant op een naam op de piano.

'Kijk eens naar dat kruispunt daar, bijna voor ons. We zullen daar heen gaan.

Leo: Bastenaken. Nou, het is een kruising van wegen. Het is heel goed mogelijk dat hij gelijk heeft. Nog een punt op de kaart. Nog een stad te bezetten.

'Hoe dan ook... Laten we ons klaarmaken.

Zijn ogen kijken me vreemd aan:

"Ja," bevestig ik en knik.

14 december.

Schorsing van alle vergunningen, "absoluut" allemaal. De generaal heeft de wagens persoonlijk geïnspecteerd. Omringd door zijn staf is hij voor ons uitgelopen, zijn hoofd opgeheven, zijn ogen stevig.

Meer cognac en cognac voor de troepen. Dubbele portie vlees, boter en aardappelen.

We zijn allemaal nerveus, gespannen. Vanavond hebben Engelse vliegtuigen Keulen gebombardeerd. Zou het kunnen dat ze onze aanwezigheid niet hebben opgemerkt? Ze moeten het hem hebben gegeven. Vanuit Luxemburg dringen de Amerikanen stevig aan. Zijn Derde Leger, aangevoerd door een clown die officieren hun insignes op stalen helmen laat dragen, duwt fel. Heb ik "clown" geschreven? Dat is het niet, laten we eerlijk zijn. Het gaat over de man die een paar dagen na de invasie Groot-Brittannië in tweeën brak. Het heet Petton of Patton. Ze hebben het me net verteld.

Er wordt gesproken over het evacueren van de Duitse steden uit dit gebied voor het geval het niet goed gaat; maar waarom zouden ze fout gaan? We moeten allemaal vertrouwen hebben. Volledig vertrouwen. We hebben gelijk en gelijk, we hebben nog steeds de kracht ... we hebben het nog steeds, God leeft, en we zullen ze in de zee gooien. Dat heeft de Führer gezegd. Vertrouwen! Je moet zelfverzekerd zijn.

"Dus... waarom voel ik echt angst? De zenuwen?

Het sneeuwt razend.

15 december. Nacht.

Wij vallen aan! «Duitsland, über alles! Gott mít uns!

17 december. Nacht.

Dit is geweldig! Kolossaal! Ik schrijf snel, mijn handschrift zal nauwelijks leesbaar zijn, maar als ik het nu niet deed, zou ik het nergens anders kunnen doen.

We hebben twee nachten bijna niet geslapen, maar ik wilde niet meer tijd voorbij laten gaan voordat ik deze aantekeningen schreef, zelfs niet weghalen uit de slaap die ik zo verdiend heb, net als iedereen.

Dit is geen offensief, dit is een lawine! We hebben de Amerikanen doorboord zoals een naald een lichte pijnboom doorboort. Met dertig mijl per uur zijn we opgeschoten en hebben we alles op ons pad vernietigd!

Je moest die halfbloeden zien rennen! Als konijnen ontsnapten ze voor ons. We hebben amper tijd gehad om te eten. Vooruit altijd vooruit! Als dit zo doorgaat, staan we over een paar uur voor de Maas, steken we die over en stromen over door de Vlaamse vlakte naar zee, naar Antwerpen. Wat een geweldige generaal is de Führer! Wat een genie! Napoleon, Alexander, Hannibal! Wat ben je aan zijn zijde? Stof! Minder dan stof!

Het Duitse Vijfde "Panzer" Leger, waaraan volgende generaties zullen worden blootgesteld, heeft de Amerikaanse verdediging in tweeën gesplitst.

Ik zal het deel dat mij is overkomen natuurlijk vertellen. Wat maakt een uur of twee slaap uit als we Duitslands speekselvloed in het oog hebben? Ik schrijf koortsachtig, nog steeds versuft van enthousiasme, Duitse ijver verspild.

We vallen aan bij zonsopgang. Onze divisie kwam op gang met de "Tijgers" voorop en de "Panthers" erachter. Het eerste obstakel dat zich voor ons opdook, waren de bossen van Noord-Luxemburg en de sneeuw, die gestaag viel. Omdat de wegen en snelwegen al bedekt waren, gingen ze onmiddellijk over tot het wit schilderen van de auto's om ze minder zichtbaar te maken.

Vanuit mijn vizier kon ik de zijkanten van de weg onderscheiden, omzoomd met besneeuwde bossen. Voor me liepen twee wagens voorop, op een bewakingsmissie, maar we hadden haar pas nodig toen we heel dicht bij Clervaux kwamen.

Daar kwamen we de eerste Amerikaanse buitenposten tegen, gevechtsgroepen die zich bijna zonder een schot te lossen uiteen gingen. We verlieten de taak om de baby's die achter ons kwamen te elimineren, in hun vrachtwagens.

We kwamen Clervaux binnen en overweldigden alles op ons pad. De weg, de straten, waren smal en om de mars niet te onderbreken, moesten we huizen slopen, obstakels egaliseren.

Aan de rand van Clervaux had een groep Amerikaanse ingenieurs enkele antitankverdedigingswerken geplaatst. Dat betekent dat ze niet zo onwetend waren over onze plannen als we dachten. Hun werk was echter te licht gedaan. We braken de kliffen af en op dat moment reed de auto voor me een mijn in.

Het was veranderd in een hoop rommel, zijn buik barstte open en zijn baas bungelde sinister aan de toren, als een onsamenhangende pop.

Ik opende het vuur op een voertuig, een troepentransportschip "Chevrolet", dat halsoverkop in het halfduister van een grijze en witte dageraad vluchtte, en ik had de grote voldoening om het te zien ontploffen.

Ik zei tegen de chauffeur dat hij langzamer moest rijden. Dit was een veld bezaaid met mijnen, en ik zag al snel dat hij wijs was geweest. Een "Panther", wiens nummer ik niet kon onderscheiden, hakte heftig toen hij er een tegenkwam, en zijn oliereservoir explodeerde.

Nu hadden we licht. De fakkels verlichtten perfect de weg en het veld, en ik zag hoe onze wagens zich uitspreiden om het mijnenveld te omzeilen en door het bos te dringen.

Mijn positie was bijna in het midden van de colonne. Ik legde mijn huid in de handen van de Almachtige God en beval door te gaan.

God was met mij! Als er nog meer op de weg waren, leidde Hij mijn stappen om er niet over te struikelen. Ik slaagde erin te passeren en viel fel op een gebouw van waaruit we werden beschoten met bazooka's en antitankvuur.

De stem van Oberst Pieck echode in mijn oren.

'Vernietig dat, Tagger! Vernietig die antitanks!

Ik wist precies hoe ik het moest doen.

Op nog geen veertig meter afstand, bij het ochtendgloren dat steeds witter werd, begon ik te schieten. Mijn schutter, een Saksische jongen met een bewonderenswaardig koelbloedig bloed, mikte en stuurde een verpletterende kogel het huis in. Meteen de tweede en de derde. Ze troffen allemaal het doel. Bij de eerste vloog het dak door de lucht, bij de tweede ging een enorme mond in de gevel open, en ten slotte explodeerde de derde in de kelder van het gebouw, waarschijnlijk in de kelder, omdat alles explodeerde als een vulkaan.

Ik zag de kaki uniformen van de Amerikaanse soldaten die het veld in liepen.

En we gaan verder.

Om tien uur 's ochtends drongen we verder door tot diep in de magere Amerikaanse verdedigingswerken. Toen kwam Pieck's bestelling bij mij.

'Tagger, je moet naar het zuiden. Alle auto's naar het zuiden.

Wat was dat? Is de doelstelling gewijzigd?

Maar toen we de auto van Pieck zagen en de richting waarin hij reed, realiseerden we ons dat dit een kleine afwijking was van de kant van de divisie, terwijl de rest vooruit reed.

Ik kan niet meer schrijven. Ik val in slaap. Ik moet het bewaren voor een andere keer.

18 december.

Dit, meer dan een gevecht, lijkt een bloedbad. Ik neem even de tijd als we zijn gestopt om voorraden te halen, en ik ga proberen mijn indrukken te vertellen sinds gisteren hij me moest onderbreken.

Maar bovenal, wat een schouwspel van de vernietigde Amerikaanse bataljons, gevangengenomen, doorstoken door de bajonetten van onze dappere schutters die soms alleen maar uit hun vrachtwagens hoeven te stappen om de vijanden op te pikken die zich bij honderden overgeven! Zo'n show vervult met vreugde een Duits hart dat zoveel dagen werd beperkt door twijfel en angst voor de toekomst van zijn thuisland.

Ze kunnen ons niet verslaan! We verslaan ze in elke regel, Duitsland is gered!

Ja, dat doe ik, ondanks de wrange blikken die Hagen me toewierp toen ik het hem vertelde. Dus ik liet het je amper een half uur geleden weten.

Zojuist zijn de gecamoufleerde tankwagens gearriveerd om ons van brandstof te voorzien. De hemel, bedekt met wolken, godzijdank, laat niet toe dat Amerikaanse vliegtuigen ons veel schade berokkenen, hoewel we soms informatie- en fotografie-apparaten boven ons hoofd horen zweven, zoals gedesoriënteerde vlinders.

Volgens mijn nieuws rukt in het noorden ook het SS "Panzer" Zesde Leger met woede en vastberadenheid op om de Engelsen en de Amerikanen te verdelen.

Als we de twee legers scheiden, zullen de geallieerden hun trotse achterste keren en zichzelf in zee werpen om zichzelf te redden. Frankrijk zal weer voor onze ogen staan, en Duitsland zal worden gered.

Wat heeft kapitein Hagen daar tegen in te brengen?

Staande voor zijn auto, helm in de hand, zijn nek gewikkeld in zijn zijden sjaal, rookt hij gretig. Hij biedt me een sigaret aan, terwijl het onze beurt is om te tanken, en we wachten tot Pieck ons onze bevelen geeft.

Om ons heen strekken de bossen van de Ardennen zich uit. Een desolaat oord, in deze strenge winter. Lage heuvels bedekt met bomen, houtskoolovens ...

Het is gestopt met sneeuwen.

'Ik denk dat je te beïnvloedbaar bent, beste Ulrich,' zegt Hagen tegen me.

'Maar zie je niet dat achter deze vervloekte bossen de Maas ligt, en achter de vlakte, de gladde vlakte die ons rechtstreeks naar de zee zal leiden?

"Ik zie dat allemaal en nog veel meer. Ik zie dat elke tank die ze ons vernietigen niet kan worden vervangen en dat in plaats daarvan, voor elke tank die ze verliezen, er drie uit Frankrijk in gebruik worden genomen. Dat is wat ik zie.

Een van Hagens meest onsmakelijke eigenschappen is dat hij niet eens zijn stem laat zakken om deze demoraliserende oordelen te vellen. Als iemand zou horen dat ik naar je luister zonder krachtig te protesteren, zouden ze misschien geloven dat ik aan je ideeën heb deelgenomen.

'Kapitein Hagen, ik verbied je om je in zulke termen uit te drukken!

"Om te bestellen, meneer Senior Tagger", antwoordt hij met een raspende spottoon.

Ik zou hem krachtiger moeten berispen, maar dan merk ik dat zijn schutter drie kleine Amerikaanse vlaggetjes op de flank van zijn "Tiger" schildert.

"Drie?" Ik vraag.

"Natuurlijk" antwoordt hij met brutale trots ". Het was het minste wat hij kon doen in twee dagen strijd, toch?

Drie tanks vernietigd. En ik weet dat Hagen niet liegt. Als je schutter een gecrashte en geblokte vlag trekt, komt dat ongetwijfeld omdat hij een Amerikaanse tank heeft neergeschoten.

Ik ben niet jaloers, maar ik wou dat die drie vlaggetjes van mij waren.

"Ik feliciteer je" zeg ik.

"Bedankt.

Even rookten we in stilte. Een groep Amerikaanse gevangenen gaat voor ons uit, onder leiding van onze infanteristen. In de verte hoor je de diepe pulsaties van de 88 vermengd met het hoge geblaf van tankkanonnen.

Ze gaan verder zonder ons, maar we zullen ze inhalen zodra we getankt hebben. We zullen niet te laat zijn, dat verzeker ik je!

De Amerikaanse gevangenen, in colonne, met hun lange kaki mantels, hun stalen helmen en hun gebreide mutsen, zien er robuust en goed gevoed uit, maar hun ogen verraden een ellendige angst. Dit zijn zeker niet de helden van de legendarische Far-West en avonturenfilms waar het vooroorlogse Hollywood ons mee doorzeefde. Ze zien er eerder uit als het afval uit de industriële wijken van Chicago en New York.

'Het is mogelijk,' mijmert hij, terwijl hij de sigaret weggooit. Voor al onze arme jongens die nu voor het eerst het geweer opnemen, of onze vermoeide Russische grenadiers, zijn er vijf zoals deze.

"Kapitein Hagen!

"Dhr. Commandant Tagger!

Er is eigenlijk geen reden om een dispuut te organiseren, dat tot niets zou leiden. En Hagen lijkt in voor een gevecht. Blijkbaar is een uur niets doen genoeg voor hem om weer de ongedisciplineerde eigenzinnige te worden.

Kolonel Pieck belt ons. Ik moet deze pagina's afmaken.

19 december.

Niet tevergeefs, want ik heb niets anders gedaan dan mijn plicht te vervullen, maar met legitieme trots leid ik deze lijnen met mijn nieuwe graad. De bestelling heeft me zojuist bereikt en ik heb het ontvangen van de lippen van "Oberst" Pieck. Ik ben gepromoveerd.

Hagen ook. Nu is hij ouder. Ik heb hem gefeliciteerd en hij heeft me iets geantwoord over het gevlochten epaulet op het kruis leggen als ze het oppakken. Natuurlijk wilde ik niet naar je luisteren.

Maar laten we teruggaan naar ons verhaal.

Oberst Pieck heeft ons de orders gegeven. Blijkbaar, hoewel natuurlijk tijdelijk, zitten we in detentie. Negeer hoe, aangezien de lucht, volledig bedekt met wolken, nauwelijks vlucht toelaat; een divisie Amerikaanse parachutisten is erin geslaagd om op ons pad te worden geplant, precies op onze aanvalslinie.

Ze verduidelijken het voor mij. Ze hebben haar over land meegenomen. Dat stelt me gerust. Tijd is dus nog steeds onze bondgenoot.

Het feit is dat ze, zoals ik al zei, onze frontale aanval hebben geblokkeerd. De parachutisten zijn in een stad waarvan de naam als een bel in mij weerklinkt. Bastenaken. Ik herinner me nog steeds Hagens lange, sterke index die ernaar wees op de kaart.

En daar verdedigen ze zich, als in het nauw gedreven ratten. Natuurlijk gaf generaal Von Manteuffel onmiddellijk het bevel om aan de zijkanten door te gaan om de stad en de parachutisten daarbinnen te omsingelen.

Onze missie, zo heeft Oberst Pieck ons verteld, gaat verder: de Maas bereiken met alle middelen die ons ter beschikking staan. En wie twijfelt eraan dat we het zullen waarmaken? Twee van onze divisies zetten hun opmars voort, zij het blijkbaar wat langzamer. Wij zijn, geloof ik, op een missie om dat obstakel te vernietigen dat Bastogne vertegenwoordigt.

Onmiddellijk na de conferentie met de kolonel, die door alle officieren van de brigade wordt bijgewoond, ben ik teruggekeerd naar mijn dierbare "Tigre", waarin ik nog geen vlaggetje heb kunnen schilderen, maar wat ik zal doen als de hulp van God is nog steeds gunstig voor mij.

Hagen ontmoette me pas na een uur, wat me verbaasde. Maar op dit moment heb ik geen tijd om iets te vertellen. Ze bevelen ons om verder te gaan en dat moeten we ook. Ga je gang dan, en moge de overwinning ons bedekken met zijn vleugels.

19 december. Nacht.

Gelukkig lijk ik nu wat tijd te hebben. Ik zal het gebruiken om in dit dagboek, dat me zo dierbaar heeft gemaakt, de laatste gebeurtenissen op te schrijven.

Die er in overvloed zijn geweest.

Bastogne is niet gevallen, ondanks onze voorspellingen. Maar laten we het op onderdelen hebben. Ik moet mijn gedachten en mijn herinneringen op orde brengen. Want in een gevecht ziet de soldaat nauwelijks meer dan wat hij voor zijn neus heeft. Dan stelt een stukje informatie hier, een stukje roddel daar, willekeurig genomen, hem in staat om te reconstrueren wat het algemene beeld van de operaties is geweest.

Allereerst herhaal ik: Bastogne is niet gevallen.

We hebben ons er met alle macht op geworpen en omsingeld. Ja inderdaad. De stad is ingesloten in een cirkel van staal, onverbiddelijk smaller.

Door de velden eromheen, door de besneeuwde bossen, vechten onze gepantserde troepen en onze dappere grenadiers tegen een vijand die we als zwakker aannamen, maar die zich woedend verzet, misschien met de moed die wanhoop leent.

Bastogne ligt op een kruispunt. Het is een belangrijke plaats, daar is geen twijfel over mogelijk, en meer in deze tijd: wanneer de Zesde "Panzer" en een deel van de Vijfde onstuimig voorwaarts gaan, gevolgd door infanteriedivisies, door artillerie, door impedimenta, geflankeerd door vernietigingsingenieurs , sappers, mijnwerkers, en geleverd door een wat spaarzame kwartiermeester, we moeten het toegeven, ter ere van de waarheid. En meer vanwege het feit dat we door de weersomstandigheden niet kunnen bombarderen "gelukkig! "Ze hebben onze aanvoerlijnen gebombardeerd.

Ik moest de strijd bijwonen op een van de punten met de grootste wrijving: ongeveer drie kilometer van de stad, bijna precies op de grens van Luxemburg, zoals ik op de kaart heb gezien, tussen de twee wegen die vanuit het oosten samenkomen in de stad . Een groot woud van dichte bomen, waartussen de Amerikanen, gesteund door antitanks, "bazooka"-schieters en mortieren, hun toevlucht hebben gezocht.

Even was het opgehouden met sneeuwen. De vlokken waren in waterdruppels veranderd en dit deed ons geloven dat het een voordeel zou zijn. Helaas is dit niet het geval geweest. Het water is meteen bevroren, omdat de temperatuur erg laag is, en de kettingen van de tanks blijven staan alsof we over glas rollen.

Mijn tank is verschillende keren ingestort en heeft ons kanon op onze eigen troepen laten richten. Onmiddellijk gaf Pieck het bevel om de weg te verlaten waarvan we met machinegeweren waren neergeschoten om het bos in te gaan, waarvan we de jongste bomen ontwortelden. Gelukkig zijn er begaanbare paden en daardoor zijn we als water door een spons geïnfiltreerd.

Ik heb een nest bazookaschieters moeten vernietigen, die gevaarlijke Britse uitvinding, die we zelf hadden moeten uitvinden. De klap van een van die torpedo's waarvan de propeller twee namen aankan, is echt iets schokkends, ik heb gezien hoe bij zijn impact een "panter" in tweeën splitste, uitgehold als een worm die een schoen op zijn pad vond.

Ik vuurde twee salvo's op hem af, eenmaal gevonden, en keek met voldoening toe hoe zijn bedienden als voddenvogelverschrikkers door de lucht vlogen.

Achter mij komen te voet twee compagnieën infanterie, die zichzelf beschermen met mijn kont en mijn flanken. Eén blik op hun gezichten deed me denken dat die verdomde aap Hagen misschien niet ver weg was.

Velen van hen zijn vrij oud genoeg om in de frontlinie te vechten, en anderen zijn jongeren die met sprongen vooruitgaan, wilde ogen, gespannen lichamen, die helaas ongelukken op de grond mislopen die zouden dienen om een volledige ploeg te beschermen en in plaats daarvan , ze gebruiken schuilplaatsen waar ze worden weggevaagd door sluipschutters.

Maar ik moet me niet laten ontmoedigen door deze indrukken. Als het opperbevel heeft besloten om oudere en jongere reservisten in dienst te nemen, moet het daar krachtige en goed onderbouwde redenen voor hebben gehad. Daar kan geen twijfel over bestaan.

Een beetje verder, en altijd in de loop van deze vreselijke middag, heb ik een nog groter gevaar moeten doorstaan.

Beschermd door een dikke groep oude bomen met dikke, door de vorst geharde stammen, hebben de Amerikanen verschillende mortieren gelegd en... nog iets veel ergers.

De eerste stervelingen waarschuwen de infanteristen die achter me lopen, en ze zetten snel in guerrilla's in, op bevel van hun officieren. Ik neem de radio.

'Ik heb niveau vijfhonderdtwee voor me, kolonel,' zeg ik.

Ik hoor meteen de stem van Pieck. Deze uitstekende regimentscommandant lijkt honderd monden en honderd oren te hebben om alle delen te horen waarmee we hem voortdurend doorzeven. Hij verzorgt ze allemaal en geeft de exacte en tijdige volgorde aan iedereen.

'Het is jouw doel, Tagger.

„Ja, kolonel. Ik ga hem aanvallen.

'Wat is er, Tagger?'

Hij heeft zich gerealiseerd dat ik niet de moeite zou nemen om hem te informeren dat ik het toegewezen doel ga vervullen, en wiens missie mij volkomen wordt opgelegd.

"Anti-aircraft, sir kolonel"

'Vernietig ze, Tagger. Heb je hulp nodig?

"Ik denk het niet, mijnheer kolonel

"Hoeveel auto's heb je daar op dit moment?

'Vijf, meneer kolonel. Maar ik heb geen contact kunnen krijgen met Hagen. Ik weet niet of ze het hebben vernietigd.

'Ze hebben het niet vernietigd, Tagger. Ik stuur het je nu. Ik heb het ergens anders nodig gehad.

Dus nu is hij niet langer "mijn kapitein"? Nu is hij weer de onvervangbare, de man die hij van me steelt om te gebruiken wanneer hij dat nodig acht. Ik sta op het punt te glimlachen, wanneer de tankradio me de bekende stem brengt:

'Ik ga daarheen, Tagger. Waarde.

Verdomde aap. Waarde? Je hebt het nodig als je het in handen krijgt. Hij is mijn ondergeschikte, toch? Ik heb het recht om een missie te bevelen zonder dat dit een roep om hulp van mijn kant is.

De vier strijdwagens die ik heb achtergelaten, vuren voortdurend op dat nest; Maar blijkbaar hebben de verdomde Amerikaanse mestiezen zich een aantal verdedigingen toegeëigend die we eerder hebben gemaakt en verzetten ze zich alsof ze enige kans hebben om uit die situatie te komen.

Als er een wapen is dat ik heb leren vrezen, bijna net zoveel als antitankkanonnen en torpedovliegtuigen, dan is het het luchtafweergeschut wanneer ze, op nul gezet, ons hun houwitsers aanbieden. De snelheid van het vuur van deze verdomde artefacten is huiveringwekkend. In een oogwenk kunnen ze vijf explosieve granaten op een van hen plaatsen die, hoewel ze exploderen bij contact met het pantser, er soms doorheen gaan en vooral de kettingen, de toren en de transmissie vernietigen.

In de bak hoesten we van de geur van cordiet. Vanuit mijn positie, met mijn ogen op de kijker gericht, kan ik de groep bomen onderscheiden die zeker een kazemat van cement en staal verbergen. De bomen springen één voor één op de inslagen van onze kanonnen af, terwijl we met de machinegeweren alle ruimte rond het doel vegen om te voorkomen dat de servers van de "bazooka's" en de granaat- en benzinefleswerpers hun neus laten zien. .

"Klaar" hoor ik in de koptelefoon.

Hagen is eindelijk hier.

'Twee AA's achter die bomen.

"Goed.

Goed? Ik houd een vloek in. Maar dit is niet het moment om ruzie te maken.

Op dat moment wordt een van onze auto's geraakt door een reeks botsingen. Culatea, die bijna als een paard werd gefokt en een van zijn transmissies draaide, bleef flankeren en vormde een uitstekend doelwit voor de Amerikanen. Het lijkt op een kever waarvan alle poten van één kant zijn afgescheurd. Ze worden meteen dik van hem.

'Het lijkt onmogelijk om dat aan te vallen, toch?' Vraagt Hagen, wiens wagen links van het doelwit trekt. De andere hoofden van de machine lijken hetzelfde te denken als hij.

Ik beveel ze tussen de bomen te verdelen. Ja, dat kan blijkbaar niet.

En op dat moment zie ik een kleine groep, drie voetvolk, naar voren strompelen. Een van hen draagt een apparaat op zijn rug dat ik goed ken. Een vlammenwerper. Die dappere mannen willen ons helpen, maar ze zullen nooit ontbloot bovenlijf kunnen krijgen.

'Begrepen,' zegt Hagen, zonder dat ik ook maar een woord tegen hem hoef te zeggen.

En ik zie hoe je auto begint te rijden. Even glijden zijn kettingen over de bevroren grond, terwijl zijn kanon woedende vuurpijlen spuwt. Dan, verankerd in een sneeuwvrij heuveltje, versnelt hij en rent als een cycloop naar het obstakel.

"Succes" zeg ik. En ik beveel mijn schutter om zijn vuur eraan toe te voegen totdat het bedekt is met een straal van staal als ik me verberg.

De Amerikanen van hun kant zijn niet gestopt. Ze blijven vuren, maar hun vuurkracht lijkt minder. Ze hebben misschien niet genoeg munitie.

De drie infanteristen houden zich aan Hagens kettingen en gaan met hem verder. Ze hebben het begrepen. Hagen komt schuin naar voren om hen zoveel mogelijk te beschermen.

Ik hef een gebed voor hen op. Het lijkt bijna onmogelijk, maar ik heb Hagen dingen zo moeilijk zien doen.

Het komt... het komt...

Plots draait de tank op zijn achterste in een hoek van vijfentwintig graden. Het is een prachtig gebaar. Daar heb je het, jongens, lijkt hij te zeggen.

De drie soldaten interpreteren het en verspillen geen seconde. Dat zijn natuurlijk geen rookies. Ze hebben het gedaan met de beheersing van ervaren soldaten

Die met de "flammenwelfer" wijst erop. Als in een film zie ik de mond van de mouw die omhoog gaat en plotseling de vuurstraal, de verschrikkelijke vurige vinger die langzaam naar voren komt.

We houden onze adem in. De Amerikanen moeten het ook begrepen hebben, want hun schoten worden slechter; maar het gloeiende punt nadert hen al, kruist tussen de bomen, die sissen, en stort ten slotte met al zijn ijver in op het blokhuis.

Een kleine vulkaan barst voor onze ogen uit. Het ziet eruit als een fontein van vuurwerk, tussen de brandende bomen en de munitiepakketten die ontploffen.

De hindernis is dat niet meer. Ik wacht een paar ogenblikken tot de uitbarstingen zijn afgenomen en beveel om verder te gaan. Met kreten van vreugde, gehuil van triomf verspreidden de infanteristen zich als een zwerm kreeften over het doelwit.

Ik veeg het zweet af. Hagens stem bereikt mijn oren.

'Slim. Tagger. De sweep is voorbij. Ga je gang?

"Ga je gang" antwoord ik.

Maar hier moet ik het schrijven onderbreken. Ik val in slaap en de cognac, waarvan ik bijna een fles heb gedronken, kan de fout zijn dat deze pagina's niet de getrouwe en koude weergave zijn van wat er deze lange middag is gebeurd. Het lijkt me dat ik sommige woorden, zinsdelen, bochten, enigszins nadrukkelijk heb gebruikt. Als ik ooit tijd heb zal ik het nog eens herlezen, maar ik ga het niet oppoetsen. Dat zou afbreuk doen aan zijn enthousiasme en anderzijds is dit het dagboek van een soldaat op een cruciaal moment in zijn leven, niet het relaas van een historicus, zoals ik al heb opgemerkt.

Nee, ik laat het zoals het is, ook al is het mogelijk een gebrek aan objectiviteit.

20 december.

Dit verdienen we echt niet.

Toen ik mijn vertelling drie dagen geleden amper begon met jubelende uitroepen, deed niets me verwachten dat ik mijn gerechtvaardigde vreugde na zo'n korte tijd zou moeten matigen.

Ik herlees de vorige regels. Misschien laat ik me nu ook meeslepen door een enigszins verlammend pessimisme. De situatie is misschien niet zoals ik hem nu zie, met mijn ogen en hersenen moe van zoveel uren van bijna ononderbroken gevechten.

Ik schrijf het: het lijkt erop dat we zijn gearresteerd. Dat onze krachtige opmars, onze weidse mars naar de zee, is vertraagd door verschillende factoren, waarvan het zeker niet de minste is dat de tijd ons vijandig de rug toekeert.

Ja, ik heb geen andere keuze dan het hier op te nemen. Ik zou niet loyaal zijn aan mezelf als ik dat niet deed. Maar laten we in delen doorgaan.

Ik ben gisteren gestopt met schrijven, nog steeds onder de vreugdevolle heerschappij van onze overwinningen. Die overwinningen, o, die waren niet zo groot als ik, een deelnemer eraan, leek me. Mijn ogen waren gevuld met vernietigde, verschroeide bunkers, verpletterde vijandelijke tanks, bossen die donderden van de inslagen van onze artillerie. Dat was helaas alleen het deel dat ik had meegemaakt, niet de algemene schets van de strijd.

De komst van de nacht bracht ons de rust, welverdiend. We kregen het bevel om de auto's te stoppen om plaats te maken voor de nieuwe divisies die nog niet onder vuur waren genomen en om de posities van de vijand te consolideren.

Toen ik uit de tank kwam, konden mijn benen me nauwelijks ondersteunen. Ik wankelde als een dronkaard! Een koude ranch, met blikken vlees nog steeds haastig aangebracht onder hun label, een andere reclame "Made in the United States" "opperste ironie!", Koffie en cognac.

We verslonden het vlees tot het blik perfect geplukt was, en we staken sigaretten aan. We kregen geen voorraad van de laatste, waardoor ik bang ben voor bittere dagen, beroofd van iets dat bijna net zo belangrijk is voor de soldaat als voedsel.

We waren op een open plek in het bos, in de buurt van de weg waar onze konvooien voortdurend langs kwamen, voortdurend nieuwe versterkingen brengend naar die hoornas die het front is en die alles verteert wat ze erop gooien.

We hadden allemaal liever ergens warm geslapen, in een van de veroverde steden of dorpen; maar dat kan helaas niet.

Opeens het nieuws. De brigadegeneraal roept de hoofdmannen op. We gingen, maar toen we elkaar ontmoetten in een verborgen boerderij onder een dicht bos van kastanjebomen met de takken verscheurd door granaatscherven, zag ik dat als we er allemaal waren, onze verliezen belangrijk waren.

"Ik heb net nieuws van de divisie ontvangen", vertelde de generaal ons. Hij zat aan een grenen tafel, met een kaart erop. Hij keek ons aan met zijn scherpe ogen, rood omrand van uitputting". Heren, we hebben de missie gekregen om Bastogne in te nemen.

Er klonk een gemompel, prompt tot zwijgen gebracht door de hand van de generaal die flitsend de lucht in ging.

'De stad is nog niet gevallen, dat hoef ik je niet te vertellen. Overgave is aangeboden aan generaal McAuliffe, commandant van de parachutisten die erin zitten. Zijn antwoord was grof en ongepast voor een militair, maar uiterst grafisch. Ik zal het trouwens heel losjes vertalen als 'neuzen'.

'Wat verwacht u, mijn generaal?' vroeg 'Oberst' Pieck, wiens gezicht werd gestreeld door een helm van granaatscherven, waardoor hij een lange wond opliep die hem er niet van weerhield zijn post voort te zetten.

'Wacht tot het weer opklaart, kolonel. Dat is wat ze verwachten. Zodra dat gebeurt, en God verhoede dat het snel is, zou zijn luchtvaart ons verpletteren. Helaas is de luchtbescherming die de Grootmaarschalk van het Reich ons beloofde niet werkelijkheid geworden.

Vele ogen keken hem aandachtig aan. Dat was serieus nieuws, maar angst was van geen enkel gezicht af te lezen.

Ik schrok echter. Hagens elleboog streek langs mijn arm. Wat zou deze schurk me willen vertellen? Dacht hij dat zijn absurde angsten ook maar de minste grond konden hebben?

'Dus, heren, we moeten Bastogne innemen als we niet willen dat die vervloekte stad onze weloverwogen plannen dwarsboomt. Ik denk dat ik mezelf goed heb begrepen.

Niemand knikte, maar de generaal wist dat hij op zijn mannen kon rekenen.

"Ik zie", vervolgde deze uitstekende chef, "dat er veel open plekken in uw gelederen zijn. Morgen zullen er meer zijn, dat kan ik u verzekeren, omdat ik aan de "Genealleutnant" heb beloofd dat we morgen Bastogne zullen innemen, anders zullen we allemaal omkomen bij de inspanning.

Niemand vindt het leuk om dit te horen, maar we zijn soldaten en we begrijpen perfect wanneer het nodig is om afscheid te nemen van onze huid. Het had in onze oren het dodental van een doodsklok. Hagens elleboog ging terug naar de mijne. Dit waren geen tijden die bevorderlijk waren voor grappen of sarcasme.

'Heren, ik ben niet de brenger van goed nieuws, althans niet erg goed. Maar ik maak je er deel van, juist omdat ik morgen, wanneer je tegenover de vijand staat, wil dat je weet dat je vecht voor iets meer dan voor een stad, een dorp tussen wegen in vijandelijk gebied, maar dat je vecht voor de Duitse vaderland, voor het vaderland van onze vaderen.

Hij zweeg dramatisch. Alleen het aanhoudende gerommel van voren doorbrak de stilte. Want daar, in de woonkamer van die

Luxemburgse boerderij, had je het gekraak van een houtworm kunnen horen.

'Heren, het SS 'Panzer' Zesde Leger heeft zijn opmars in de buurt van Krinkelt zien vertragen, en hoewel ze hun best doen om de 'impasse' te doorbreken, zijn ze er volgens mijn rapporten nog niet in geslaagd. Van onze kant hebben de buitenposten van ons glorieuze Vijfde Leger hun doel om Dinant aan de Maas te bereiken nog niet bereikt, hoewel we er geen twijfel over hebben dat we dat zullen doen. Maar heren, om de "Generalleutnant" zijn doel te laten bereiken, moeten we deze verdomde stad innemen die ons zo wanhopig tegenwerkt. We kunnen geen nest van goed bewapende en goed uitgeruste soldaten achterlaten.

Wij knikken. Dat was in alle gedachten.

Dus, heren, neem nota van al mijn instructies. Bij gebrek aan een nieuwe gebeurtenis, zullen jullie ze morgen allemaal trouw volgen, om drie uur 's nachts, wanneer we de frontale aanval beginnen.

Hij kwam overeind en langzaam, langzaam, maar met een duidelijke en precieze stem gaf hij ons bevelen. Toen het voorbij was, salueerden we en trokken we ons terug op onze posten. Ik liep mee met Hagen, die ondanks de kou met zijn blote handen een sigaret rookte.

'Morgen dan, lieverd, zul je Bastogne binnengaan of je zult sterven,' zei hij plotseling.

"" We zullen binnenkomen of sterven. "

"Ik doe niet.

Ik draaide me naar hem om. Onze voetstappen klonken op sneeuw en verharde aarde.

"Wat zeg jij?

'Dat de glorieuze Tweede Divisie, het machtige Derde Regiment, de ongeslagen Tweede Brigade, het alleen zal moeten doen. Ik kan je niet helpen.

"Je bent gek!

"Ik ben niet." Ulrich. Ik heb een andere missie gekregen. Vanavond moet ik me op het hoofdkantoor van Model melden.

Ik was stomverbaasd.

"Maar in de naam van God, wat ga je doen...?

'Het is een militair geheim, Ulrich. Maar aangezien je al weet dat militaire geheimen zijn geformuleerd om te worden doorbroken, vind ik het niet erg om het je te vertellen, omdat ik weet dat je een goede vriend en een uitstekende Duitse officier bent.

Ik glimlachte. We passeerden de rijen strijdwagens, gecamoufleerd in het bos, met de bogen naar Bastogne, waarvan we de glans in de verte konden zien, weerspiegeld in de buiken van de lage wolken. Het sneeuwde noch regende, maar het was wel erg koud.

Een soldaat speelde klaaglijk de mondharmonica, en twee of drie naast hem begonnen zachtjes te zingen:

"Voor den Kaserne, voor den Grossen Tor ..."

'Maak je een grapje. Het is weer een van je verdomde grappen. Welke andere missie zou je beter kunnen vervullen dan op 'Katty'?

Hij stak nog een sigaret op. In het licht van de aansteker zag ik zijn gezicht. Hij lachte niet. Integendeel, hij leek serieus, extreem serieus.

'Nee, Ulrich, ik maak geen grapje. Waar heb ik vlak voor de oorlog drie jaar doorgebracht?

Ik herinnerde het me ineens. Hij had het me een keer verteld. Hij verbleef enige tijd, drie jaar, in de Verenigde Staten. Maar wat had dat te maken met...?

"Ulrich" ging met dezelfde ernst verder ", oude kameraad, de Generale Staf wil de bruggen over de Maas opblazen. Met die missie gaat hij Duitse soldaten in Amerikaanse uniformen sturen om door de geallieerde rangen te infiltreren. Zoals je zult begrijpen, moeten ze perfect Engels spreken met een Amerikaans accent. Ik ben al een van die mannen.

'Ik zei het al. Ik begreep het.

"Het is bijna tijd om mezelf voor te stellen. Ik heb je hier vergezeld, maar ik ben niet meer. Hier scheiden we.

"Wie stuurt 'Katty'?

"Luitenant Norr.

Hij liet de sigaret vallen en stak zijn hand uit. Ik schudde het. Twee soldaten, daar in de koude nacht, handen ineen. Twee vrienden.

"Tot ziens, kameraad.

"Nee," zei ik met een dichtgeknepen keel. "Tot ziens, Dieter.

Hij draaide zich om en ging weg. Ik verloor zijn groen-grijze cape uit het oog.

Een goede kameraad. Een goede soldaat.

Zovelen zoals hij zijn verloren gegaan in deze oorlog... Zoveel...

Ze moet niet aan hem denken. Hij zou zijn missie vervullen en ik de mijne. De soldaten zongen verder, met gedempte stemmen, doordrongen van verdriet en verlangen.

«Bi einst, Lili Marlen, bi einst, Lili Marlen ...»

Om drie uur 's nachts stapten we in de auto's en de brigade vertrok. Vooruit altijd vooruit.

21 december. Vroeg in de ochtend.

Zoals ik al eerder zei, de tijd staat niet meer aan onze kant. Het eerste wat ik zag toen ik wakker werd uit een zware slaap was dat de lucht, die mistig was toen ik in slaap viel, nu bijna vlak was. Ik zag flarden wolken en sterren in de ijzige vroege ochtend.

Al onze ogen waren gretig op die sterren gericht. Als ze bleven schijnen, als de volgende ochtend de zon zijn gele gezicht door de wolken liet zien, zouden we meteen de vijandelijke vliegtuigen boven ons hebben. We wisten allemaal wat dat betekende.

Maar op dat moment moesten we opdrachten uitvoeren, met of zonder sterren, met zon of zonder zon.

De eerste brute, doordringende aanval bracht ons bij een van de sterkste weerstandspunten van de vijand: de verdedigingswerken die de Amerikaanse ingenieurs haastig maar stevig hadden opgezet aan de rand van de stad.

Een halve brigade slaagde erin hen te bereiken, vechtend tegen een vijand die zich wanhopig vastklampte aan elk ongeluk op de grond, aan elke bunker, zich vastklampte aan de aarde en de loopgraven die door de vorst in de steenachtige grond waren gegraven, en doden achterliet door te reageren op ons vuur met die van hen, onze tanks met hun "bazooka's", hun antitanks, hun luchtafweergeschut, hun mijnen, hun geweren en hun handbommen.

Tussen ons, profiterend van de kleinste kloof, stormde de Duitse infanterie, de beste soldaten ter wereld sinds de hegemonie van Sparta, in een stortvloed die die punten overspoelde die we niet konden bereiken.

Wat een strijd! Wat een schitterende strijd! Odin zou blij zijn geweest met zijn zonen als hij ze zo had zien vechten, zonder kwartje te geven of te ontvangen, bajonet voor bajonet, granaat voor granaat, slag voor slag, hap voor hap.

Maar mijn hand buigt, mijn pen valt. Mijn ogen zijn onoverwinnelijk gesloten, mijn hart klopt onregelmatig van vermoeidheid. Morgen ga ik verder, als morgen...

21 december.

Helaas zijn we er niet in geslaagd om het doel te bereiken dat de generaal ons heeft gegeven. Het is niet onze schuld als we er niet in zijn geslaagd, en het is ook niet onze schuld om in leven te blijven na een mislukking. We hebben met alle middelen geprobeerd om beide bevelen op te volgen.

We hebben ons keer op keer tegen de Amerikaanse verdediging geworpen, met verdubbelde moed, maar we zijn altijd fanatieke tegenstand tegengekomen die ons dwong terug te trekken. Ongelooflijk, maar ik moet het loyaal bekennen.

Onze bazen hebben de situatie uitputtend geanalyseerd, ze hebben gezocht naar het zwakste punt om de aanvalswiggen erin te steken, maar het lijkt erop dat een vijandige demon er plezier in schept al onze hoop te breken, onze meest vurige verlangens te schenden.

We hebben de eerste huizen van Bastogne bereikt, we hebben voor onze angstige ogen het hoofdkwartier gezien van waaruit de orders vertrekken die zich tegen de Duitse opmars verzetten. Nutteloos. Met de dood in onze ziel hebben we ons opnieuw moeten terugtrekken, achtervolgd door zijn intense artillerievuur dat ons verplettert, verpulvert.

Ik weet dat er versterking is gevraagd aan het hoofdkwartier van de Führer, maar die versterkingen zijn nog niet gearriveerd. De karren worden steeds minder talrijk, ze liggen bij tientallen, bij honderden op de wegen en in de bossen, veranderd in bergen van verwrongen ijzer. Lijken bedekken de heuvels met hun duizenden bevroren lichamen. Allemaal tevergeefs. Tevergeefs is deze grimmige slachting, deze massale vernietiging.

Zijn wij dan niet de uitverkorenen? Moet ik twijfel in mijn Duitse borst laten kronkelen? Moeten we zien hoe die Amerikaanse bastaarden, die Engelse verraders van hun Germaanse bloed, de heilige Teutoonse grond vertrappen? Nee en duizend keer nee!

Maar...

De 'Volkgrenadieren', de 'Panzer'-divisies, beide de trots van ons leger, zijn uitgeput. Een lichaam geeft zich over wanneer het bloed in zijn aderen begint te ontbreken, en dat is wat er met ons gebeurt in deze bittere dagen die helaas zo bitter begonnen. Een ongunstig lot broeit ons.

En alles, waarom?

Alleen de kracht van drie divisies verzetten zich tegen onze frontale aanval. Er zijn Amerikaanse parachutisten, behorend tot de 101st Division, er zijn enkele infanterietroepen, ingenieurs, kanonniers, maar dit alles in veel kleinere aantallen dan de onze. Zullen we nu niet kunnen doen wat vier jaar geleden een ontspannen militaire wandeling voor onze wapens zou zijn geweest?

Ik moet het bekennen, al was het maar met gedempte stem en in dit dagboek dat, nu zie ik, niemand later zou moeten lezen, want wat een klaroengeschal van enthousiasme had kunnen zijn, is veranderd in een gekreun van bitterheid. Ik moet, ik herhaal het, bekennen: dat kunnen we niet.

Ik zal niet vallen voor het actuele excuus om het weer, de weersomstandigheden, pech, ons falen de schuld te geven. Ik moet u dagelijks bekennen dat ik soms denk dat er iets niet klopte in de plannen die in de kantoren van de Generale Staf werden opgesteld. Maar wie ben ik, nederige Oberstleutnant, om te twijfelen aan het duidelijke oordeel van mijn superieuren? Hebben ze niet alle draden in handen, alle informatie die nodig is om de beste plannen te coördineren? Hebben ze niet de intelligentie, studie, inzicht en militaire wetenschap?

Die hebben ze, daar kan niemand aan twijfelen, maar... wat gebeurde er toen? Is er niemand die het mij kan uitleggen?

Vandaag, twintig, hebben we nog een laatste poging gedaan. Door onze krachten te hergroeperen, enigszins verstrooid door de laatste slag, zijn we tot de aanval gestegen.

Wonder boven wonder, en nooit beter gebruikt het woord, aangezien het kan worden gezegd dat hij heeft deelgenomen aan alle gevechten, zijn de drieëndertig ton van mijn "Tiger" nog steeds intact, op twee of drie indirecte treffers na. Ik vergat te zeggen dat ik het bevel voerde over het regiment vanwege de dood van de heldhaftige kolonel Pieck, die dapper, getroffen door een voltreffer, op zijn observatiepost viel. Ik weet niet of ik hier levend uit zal komen, en ik wens het niet veel, want als Duitsland valt, wat zal er dan van ons, zijn verdedigers, worden? Welk geluk wacht ons? Maar hoogstwaarschijnlijk zal het bevel over het regiment, dat ik nu voorlopig heb, van kracht worden als de god van de strijd besluit zijn welwillende gezicht naar ons toe te keren.

Dit is echter niet het moment om erover na te denken, maar om Duitsland te redden. Eer, beloningen, tijd zal hebben na aankomst.

Zoals ik al zei, we hebben een wanhopige poging gedaan. Dit wordt niet begrepen! Beroofd van voorraden, opgesloten in een cirkel van vuur en staal, waar halen ze de moed, de munitie, de voorraden vandaan om weerstand te blijven bieden? Er moet noodzakelijkerwijs een generaal voor ons staan die geen afbreuk zou doen aan ons leger. Ik kan geen andere verklaring vinden. Amerikanen zijn geen soldaten, zoals wij, het zijn mensen die haastig gerekruteerd zijn in een land dat geen oorlogsgeschiedenis heeft en geen generale staf, gecondenseerd door bijna een eeuw militaire wetenschap.

Dit is in ieder geval niet mijn ding. Ik heb mijn doel, dat daar, tegenover, in die stad, gewoon een stad, die zeker in de annalen van de geschiedenis zal worden opgenomen. In Bastenaken.

Ons hoofddoel is een goed versterkte en gecementeerde groep boerderijen, waarin Amerikaanse parachutisten zich verzetten, volgens wat de gevangenen ons vertellen.

Ze hebben drie zwaar gepantserde tanks ingezet, en zij zijn degenen die reageren op ons vuur wanneer we erin slagen hun voorste linies door te snijden, bestaande uit groepen schutters met "bazooka's" en twee antitanks.

Ik beveel twee van onze "Tijgers" om onophoudelijk op de Amerikaanse tanks te vuren, terwijl de echte aanval van links komt, met mijn "Kind" voorop. Mijn trouwe "Tiger" van wie ik zoveel hou.

Drie andere tanks volgen me, en achter ons, zich in snelle zigzagbewegingen verplaatsend om dekking te zoeken, gaan de grenadiers vooruit, hun tassen goed beladen met handbommen.

We scheiden de stammen van de gekapte bomen, we verpletteren de Frygische paarden, we rollen over de cementen palen die diep in de grond zijn gedreven, en we omzeilen de antitankgrachten waarin we, als we zouden vallen, zo nutteloos zouden zijn als kevers op onze rug. , en eindelijk hebben we voor ons. het doel bekijken. Wonder boven wonder hebben die boerderijen hun leistenen daken, hun grijze stenen muren bewaard.

Niet voor lang overigens. Terwijl de twee "Tijgers" hun duel met de Amerikaanse tanks voortzetten, beginnen we met het bombardement en de infanteristen verspreiden zich om hun bevoorrading van achteren af te snijden.

Ik denk dat we het gaan halen, we gaan het halen. Hoera!

We hebben het gehaald!

Amerikaanse tanks kunnen niet bewegen, hoewel ze kunnen vuren. Ze zijn in werkelijkheid een kuras met een kanon. Meer hebben ze niet in zicht.

De grenadiers hebben de Amerikaanse verzetsgroepen achter de boerderij ingeschakeld. Dit is mijn eerste operatie als regimentscommandant en ik heb reden om daar terecht trots op te zijn.

Er zijn vijf boerderijgebouwen. Vanaf het eerste salvo slaagden we erin om een van hen te vernietigen. Het dak wordt opgeblazen, de verdedigers rennen huilend naar buiten. Door het vizier zie ik hoe de kleren van een van hen branden, en hoe hij over de grond rolt om het vuur te doven dat hem verbrandt.

Ze moeten onze manoeuvre hebben opgemerkt, want een van de tanks draait de lange antenne van zijn kanon naar ons toe en zendt ons een saluut. Gelukkig heeft hij geen tijd gehad om te mikken en gaat zijn granaat over mijn toren.

Op dat moment vernietigt het vuur van onze twee "Tigers" een van de Amerikaanse tanks. De ander, niet in staat zich te bewegen, verdedigt zich wanhopig, maar zijn vuur kan niet tegen de convergerende stralen van ons. Het barst uit in inktzwarte wolken en verzwelgt je in een oogwenk.

Ik geef het bevel om aan te vallen. Te laat merk ik dat onze grenadiers zich terugtrekken en de natte stoppels groengrijs bespatten. Iets moet hen hebben tegengehouden en hen ertoe hebben gedwongen zich later terug te trekken.

Maar van waar ik ben, kan ik hen weinig helpen. Dus ga je gang!

We bereikten de stenen hekken die de gebouwen omringen en tegen die tijd zijn we erin geslaagd om er twee omver te werpen, waardoor ze bijna tot aan de muren zijn teruggebracht. Op dat moment realiseer ik me wat de doorgang van onze dappere kinderen verhinderde.

Een Amerikaanse aanvalsgroep, soldaten gekleed in kaki, met lange mantels, ronde helmen op hun hoofd en zwaar bewapend, worden naar believen gestuurd. Beschermd door een barrière van zandzakken, cementblokken en kriskras doorlopende stalen balken.

Als we luchtvaart hadden gehad, was dit niet gebeurd. Ze had ons tijdig gewaarschuwd voor de aanwezigheid van dat obstakel achter de boerderij.

Natuurlijk hebben ze gelukkig ook geen hulp van vliegtuigen. Ik zou niet willen dat hun torpedo-bommenwerpers op me zouden vallen, ijskoud gekrijs van verplaatste lucht en me besproeien met tien-inch torpedo's.

De verdedigers van de boerderij trekken zich in wanorde terug en laten hun uitrusting achter, en het doel blijft in onze macht. In ieder geval even, want tussen de verdedigingswerken waar onze infanteristen zich vandaan terugtrokken, verschijnen de snuiten van twee antitankkanonnen, die bijna onmiddellijk beginnen te vuren.

Ik beveel de tanks zo ver mogelijk uit hun buurt te blijven, tussen hen in en die monden die de muren van de boerderij beschieten, en ik rapporteer de situatie aan het hoofdkwartier van de divisie.

De opdracht is: verzet je daar koste wat kost. Posities consolideren en ... weerstand bieden.

Waarop ik me voorbereid. Mijn tanks reageren op het antitankvuur door niets anders dan kanonnen boven de half verwoeste muren van de boerderij uit te steken, onder leiding van de infanteriewaarnemers. Een dappere veldwebel, met een draagbare radio, begeleidt schoten, en we hebben de voldoening zijn verdediging beetje bij beetje te zien afnemen.

Ik moet stoppen met schrijven. Ik moet me zo snel mogelijk op het hoofdkantoor melden, drie kilometer terug. Ik geef de juiste instructies aan commandant Jung, stap uit de tank en stap in een kleine auto met kettingen die handig is voor dit soort gevallen.

21 december. Later.

Het divisiecommando heeft me de eer aangedaan om mijn bescheiden prestatie een 'overwonnen doel' te noemen, en ze zijn bezig met het opzetten van een aanvoerlijn naar de boerderij. Dit vervult me met trots omdat, hoewel ik weinig heb bereikt, maar weinigen zoals dit een grote militaire overwinning kunnen zijn. Ik ben een zandkorrel, maar veel korrels maken een berg.

Maar helaas! Ik heb ook ander nieuws gehoord, veel minder prettig. Onze meteorologen vertellen ons dat de verbetering van het weer snel vordert en dat we morgen misschien aan de limieten van de anticycloon staan.

We weten allemaal wat dat betekent. Geallieerde vliegtuigen zullen Bastogne kunnen bevoorraden en hun formaties zullen op ons afstormen om ons ondergronds te laten zinken met duizenden tonnen bommen.

De generaal deelt het ons rustig mee, zonder dat ook maar één trek van zijn gezicht verandert. Zo'n baas brengt moed en geloof over op zijn mannen, maar belet ze niet om na te denken. En ik denk dat als het weer opklaart, zoals het alles voorziet, onze overtreding een ramp zal worden.

Maar daar houdt het slechte nieuws niet op. De Amerikanen, uit het Zuiden, uit Luxemburg en Frankrijk, beginnen op de linkerflank van ons speerpunt te drukken. Tegelijkertijd bijten de Engelsen vanuit het noorden op de rechterflank. Als de troepen van die oude Montgomery-vos, de enige man waar maarschalk Rommel zijn hoofd voor moest buigen, en de Amerikanen van cavaleriegeneraal Patton samenkomen, zullen ze ons hebben opgesloten, zoals we Bastogne hebben opgesloten.

Na de conferentie moet ik terug naar mijn gevechtspost. Als God het wil, kunnen we uiteindelijk de ruggengraat breken van die stad die ons zoveel schade heeft aangericht.

Luitenant-kolonel Ulrich Tagger, van het Tweede Regiment, Tweede Divisie van het Reichwehr Vijfde "Panzer" Leger, stierf op 21 december 1944, heldhaftig bij de verdediging van een door het bevel toegewezen doel. Hij werd postuum geëerd met het eersteklas Grootkruis van IJzer. Zo getuigt ondergetekende in hetzelfde dagboek waarin de grote soldaat zijn indrukken optekende.

Rust in vrede.

Gesigneerd:

Hauptmann Gottfried Jung.

TWEEDE DEEL

Bij Clervaux gaven ze hem een Amerikaans uniform van een soldaat, want op die manier, zeiden ze hem, kon hij meer onopgemerkt blijven dan wanneer hij er een van een officier zou gebruiken, en valse documentatie, hoewel zo perfect mogelijk.

In een kamer vol kaarten wees een kolonel punt voor punt met een aanwijzer hun doelen aan.

"Je moet de exacte plaatsen onthouden, om er zonder aarzeling naartoe te gaan", legde hij uit. Ze moeten op precies dezelfde tijd op de aangewezen plaatsen aankomen, ook al gaan ze via verschillende paden. We gunnen ze een periode die voor hen voldoende is.

Hij pauzeerde.

"Bij aankomst op de plaats en het is tijd, zullen degenen die erin geslaagd zijn om door de vijandelijke linies te gaan het werk uitvoeren zonder te wachten op de vertraagde. Degenen die er toen niet in zijn geslaagd, zal zijn omdat ze dood zijn of gevangen zijn genomen. Ik hoop dat jullie allemaal de instructies goed hebben begrepen.

Er was een algemene instemming. De meesten van hen waren officieren, maar er waren vijf of zes soldaten, gekozen vanwege hun perfecte kennis van het Engels, wat voor hen absoluut noodzakelijk zou zijn.

Dieter Hagen keek naar hen. Hij zag op alle gezichten dezelfde vastberaden, koppige uitdrukking.

Hoeveel hiervan zullen terugkeren? Hij dacht. Maar dat was iets wat hem op dat moment niet veel aanging.

Hij kleedde zich in uniform in één kamer, samen met de mannen die de groep vormden waarin hij zou optreden. Zijn doel was Givet, op de kruising van de weg van Namen naar Reims met die van Wellin naar Phillippeville, waar de twee elkaar ontmoeten aan de Maas. De bruggen moesten de 21e bij zonsopgang worden opgeblazen.

De plastic ladingen en hun ontstekers werden aan hen overgedragen.

'Als je gevangen wordt genomen, probeer deze beschuldigingen dan te laten vliegen, zelfs als je met ze mee moet vliegen,' zei de instructeur-kolonel koeltjes. We willen niet dat ze in de handen van de vijand vallen. We weten nog steeds niet of ze de chemische samenstelling kennen of niet, maar bij twijfel geven we er de voorkeur aan dat ze niemand van ons meenemen.

Ze knikten.

Ze reden vervolgens in een auto naar een vliegveld op een locatie die Hagen niet kon vinden. Het regende noch sneeuwde, maar de wolken waren erg laag en de kou was intens.

Ze kregen de parachutes overhandigd en een sergeant leerde ze hoe ze ze aan moesten doen, hoe ze moesten springen als de piloot ze het signaal gaf, hoe ze moesten vallen om zo min mogelijk schade aan te richten bij het bereiken van de grond, hoe ze van de parachute af kwamen , buigen en begraven in de grond.

De kolonel gaf hun de laatste instructies toen ze al in het apparaat waren.

'Je wordt met tussenpozen van tien minuten vrijgelaten in een gebied dat zich uitstrekt in een driehoek tussen Givet, Beauraing en Fumay. Dat gebied wordt bezet door Amerikanen. Je zult zo min mogelijk met hen omgaan en, als je patrouilles tegenkomt, laat ik het aan je intelligentie en improvisatie over hoe je uit de weg kunt gaan. Eén ding moet ik u waarschuwen: de Amerikanen weten dat we mensen achter hun linies hebben geïnfiltreerd, aangezien dit niet de eerste keer is dat we het doen. In de onmogelijkheid om ons te ontdekken, wanneer ze een vermoeden hebben, stellen ze vragen die een Duitser heel moeilijk kan beantwoorden. Het zijn vragen over details die alleen een Amerikaan of een man die lang in Amerika heeft gewoond kan beantwoorden.

Hagen knikte. Het was het logische antwoord. Het is erg moeilijk voor een Duitser of iemand die niet "in" het Amerikaanse leven heeft geleefd om te weten wie de echtgenoot is van een in het buitenland weinig bekende filmster, of welke kleur de brievenbussen van New York zijn geschilderd.

Toen schudde de kolonel hen de hand.

'Veel succes,' beval hij, meer dan hij zei.

En het kwam uit. De propeller van het vliegtuigje draaide al een hele tijd om de motor warm te houden. Nu begon het duizelig te draaien. Even later namen ze de vlucht.

In het vliegtuig zaten naast de piloot en een vluchtkorporaal nog zeven man.

Hagen keek naar hen. Er was een luitenant-kolonel van ingenieurs die het bevel voerde over de groep, en anderen van wie hij de cijfers niet meer wist.

Even, toen hij de gespannen gelaatstrekken van de luitenant-kolonel zag, kwam het bij hem op dat hij hem op de schouder moest tikken en zeggen: 'Kameraad, laat het bevel aan mij over. Je moet je ontspannen, want anders doe je gekke dingen. "

Maar hij zat in het leger en dat had hem een pistool kunnen kosten. Hij staarde recht voor zich uit en ontspande zich.

Het vliegtuig stortte in de wolken. Binnen viel een zware stilte, alleen verstoord door het geronk van de motor. Niemand sprak. Alleen de korporaal boog zich van tijd tot tijd naar de piloot om met zachte stem iets te zeggen.

Na een kwartier wendde de korporaal zich tot hen:

"Klaar. De eerste moet binnen drie minuten worden weggegooid.

De eerste naderde het luik. De hand van de korporaal lag op de hendel.

'Als ik er drie tel, meneer,' zei de korporaal.

De minuten verstreken. Ze leunden allemaal naar voren, alsof ze zo beter ademden. Alleen Hagen leunde achterover, zijn hoofd rustte op de muur van het vliegtuig.

Plots verbrak de stem van de korporaal de stilte.

"Een twee drie!...

Hij rukte de deur open en de ander sprong eruit. De korporaal wendde zich tot de tweede:

"U meneer.

Dezelfde operatie. Hagen was de vierde. Toen het haar beurt was, sprong ze uit, voeten tegen elkaar en telde snel tot drie. Ze waren al gewaarschuwd dat het vliegtuig laag zou vliegen, ook al betekende dat veel exposure.

Toen trok hij aan de parachutering en de enorme zwarte zijden paddestoel opende zich met een scherpe ruk boven hem.

In de ijskoude lucht daalde hij langzaam af en zag niets. Het eerste nieuws dat hij land naderde, was het gefluister van de wind in de boomtoppen,

Hij bracht zijn voeten bij elkaar en viel op zijn rechterschouder. Hij rolde over de grond en stond op, trok de parachutebanden naar zich toe en stopte toen om te ontsnappen.

Behalve het verre geroezemoes van voren, hoorde ik niets.

Hij deed de parachute af, vouwde hem op zonder nutteloze bewegingen, maar kon hem niet begraven. De grond was hard en had een schop nodig. Gelukkig waren er genoeg droge bladeren, al half verrot van de regen.

Hij verstopte het onder een stapel bladeren en haalde het fosforescerende kompas uit zijn zak. Als de berekeningen niet hadden gefaald, moest hij binnen 13 mijl van Givet zijn. Hij kon ze voor zonsopgang dekken. Dan had hij nog de hele dag, tot de volgende ochtend, toen hij zich bij de anderen moest voegen.

Ik hoorde steeds niets. Af en toe een blik op het kompas werpend en kijkend, ging hij op weg. De plaats was perfect gekozen. Er was geen weg, behalve een paar wegen tussen de lanceerplaats en Givet. Aangezien de frontlinie bijna twintig mijl verwijderd was, had hij een goede kans om geen colonnes soldaten, bivakken of bevoorradingskonvooien tegen te komen, tenminste niet voor wat er over was van de duisternis.

De plaats waar hij viel was een bos van bomen ver uit elkaar. Hij glimlachte echter bij de gedachte dat hij aan een van hen verslaafd had kunnen raken en ging zo door totdat een patrouille of boer hem ontdekte.

Hij was al een uur aan het lopen toen hij plotseling geluid voor zich hoorde.

Hij viel op de grond en bleef staan luisteren. Even later zag hij een zwak licht, misschien een zaklamp, op ongeveer vijftig meter afstand. De stemmen van verschillende mannen bereikten zijn oren, maar hij kon de woorden niet verstaan.

Ze naderden. Hij nam het pistool in zijn rechterhand en klemde de kolf stevig vast. Zijn pols was stabiel, ondanks het feit dat hij een aantal nachten nauwelijks had geslapen.

Vijfentwintig meter misschien. Nu maakte hij de woorden

"... En ik zei tegen haar: kijk, meisje, als je me mijn hand in je blouse laat steken, zal ik je vertellen of ze vals zijn of niet, dus je hoeft niet te vloeken, wat een erg lelijke ding.

Het waren Amerikanen. Als ze hem zouden ontdekken, zou het nutteloos zijn om hen te vertellen dat hij dat ook was. Hij had geen reden om daar te zijn, en het minste wat hem kon overkomen was om voor zijn bazen te worden gebracht. Hij kon het niet aan, met zijn plastic ladingen in de tas.

Hij hief zijn pistool, klaar om te vuren.

Ze hoorde het geluid van ijskoude bladeren, krakend als er mannen langskwamen. Toen ging de zaklamp weer aan.

'Het is deze kant op, Chuck,' zei een andere stem.

"Nee, meer naar links.

'Kijk, verspil ons geen tijd meer. Ik zeg je dat het hier in de buurt is, en ik heb een liter op mijn mouw, en jij hebt er geen.

"Nou, als je autoriteit gaat misbruiken...

Er klonk onderdrukt gelach. Ze waren nu bijna bovenop hem. Hij hoorde het geluid van hun ademhalingen en het gekletter van metaal op metaal.

Toen gingen ze voorbij. Hun stemmen gingen in de verte verloren.

"... ja, maar waarom kan je niet raden wat de kleine vos me antwoordde? Hij vertelde me...

Hagen wachtte nog steeds bijna vijf minuten. Toen stond hij op en vervolgde zijn weg, struikelend over de wortels die uit de grond staken, en over de stenen.

Het was dageraad toen hij de weg bereikte. Hij had besloten dit te doen omdat het veel gemakkelijker zou zijn om een verklaring te vinden voor de aanwezigheid van een eenzame soldaat op de weg dan in het veld.

Hij passeerde een verwoeste boerderij toen het eerste licht van een loden dageraad duisternis begon te werpen op het platteland. Een hond blafte woedend, maar dat was het enige teken van leven dat hij vond.

Toen kwamen zijn voeten in aanraking met het asfalt dat gebarsten was door de passage van zware voertuigen en tanks.

Het gedonder van zwaar kaliber kanonnen achter hem deed hem beseffen dat hij in de goede richting was. Begon te lopen.

Hij was niet moe. Hoewel hij het grootste deel van de oorlog in een tank had doorgebracht, was hij vóór het begin van de vijandelijkheden een uitstekende bergbeklimmer geweest. Het enige wat hem stoorde waren de buitensporige uren zonder slaap, maar dat is iets waar vroeg of laat alle strijders aan wennen.

Hij zou een kilometer hebben afgelegd toen hij het geluid van een motor achter zich hoorde. Hij luisterde aandachtig. Maar een.

Hij stond bij de sloot, naast de iepen die vaak langs Franse wegen staan, en wachtte.

Een jeep raasde voorbij en sprong over kuilen. Hagen hief zijn arm op en de chauffeur vertraagde naar zijn zijde. Hij was een kleine soldaat, donker en pezig.

"Wat is er verkeerd?" Hij vroeg. Toen leek hij besluiteloos. " Wat doe je hier?

'Ik ga naar Givet,' zei Hagen, 'ik denk dat de veren van de auto niet kapot gaan als je me erop laat stappen.'

'Natuurlijk niet, maar wat doe jij hier? Van welke eenheid?

"Van de vijfde natuurlijk. Luister, als je me niet als passagier meeneemt, kun je dat maar beter zeggen. Ik moet naar Givet als ik niet in de problemen wil komen, het zijn de parlementsleden

'Welke eenheid zei je?

'De vijfde, ben je doof?

'- Nee, maar de vijfde, waarvan? Nou, ga naar boven. Ik heb ook haast.

Hij startte de jeep, terwijl Hagen zich bij hem voegde.

"Denk niet dat ik normaal gesproken zo'n vragensteller ben, maar er is ons verteld dat we voorzichtig moeten zijn. Kamerleden zijn heel bijzonder. Ze gedragen zich alsof we hen toebehoorden door het recht van verovering. "Doe dit, doe het andere niet, doe die riem om, het is niet in je keuken." Een puinhoop.

'Vertel je het me?' Hagen gromde.

"Waar kom jij vandaan?

"Frisko.

"Goed land, maar slechte stad. Hé, wees niet boos, maar geef me Toledo, Ohio.

"Nou, geef het maar aan jou.

Hagen keek naar de zijkanten van de weg. De chauffeur begon tussen zijn tanden door te fluiten. Toen zei hij ineens:

"Heb je een sigaret?

'Ik wilde het je juist op dit moment vragen. Ik ben op', reageerde Dieter meteen.

"Lucky bitch. De laatste die ik had heb ik ingeruild voor een paar knuffels van een Belgische vrouw die naar koeien rook. Hé, kijk eens wat ik zeg: het rook precies naar Ohio-koeien. Is dit geen toeval?

"Het lijkt er wel op.

Hagen haalde zijn hand uit zijn zak, gewapend met het pistool, en legde die naast de soldaat. Hij werd bleek en staarde hem met gekke ogen aan.

"Maar wat,..!

"Rem.

"Je bent gek geworden,..!

"Rem.

De soldaat stopte toen hij Hagens ogen zag.

"Bukken.

"Maar...

Hagen sloeg hem met de kolf op het hoofd. Hij wilde er niet te hard op slaan; maar feit is dat de soldaat zijwaarts viel, met zijn hoofd over de zijkant van het voertuig.

Toen Hagen zich over hem heen boog, zag hij dat hij dood was. Hij had zijn schedel gebroken.

'Plech,' zei hij zacht.

Hij verwijderde de documentatie en sleepte het lichaam uit het zicht van de weg. Het zou niet lang duren om dat te weten te komen, misschien, maar tegen die tijd is hij misschien nog ver weg.

De portemonnee van de dode man werd bewaard. Een snelle blik op de papieren vertelde hem dat hij soldaat tweede klasse James Collins van het X Signal Battalion was geworden.

Hij verwijderde het insigne dat hij onderaan zijn schouderstuk droeg, twee gekruiste stralen, en zette het op zichzelf. Als hij niet een paar van Collins' kameraden tegen het lijf liep, zou dit de slag kunnen slaan.

Het zou nog twee kilometer zijn gerold toen het het eerste konvooi passeerde. Het eerste nieuws dat hij kreeg, was dat twee motorrijders armbanden droegen met de initialen MP op hun mouwen.

Ze maakten een heerszuchtig gebaar dat hij moest gaan liggen. Hij gehoorzaamde en een van de agenten steeg af. Hij droeg een machinepistool dat over zijn schouderriem hing.

'Blijf daar zitten, jongen. Dingen komen achter. Papieren?

Hagen haalde ze eruit en overhandigde ze. De man wierp een blik op hen en keek toen op.

'Wat doe jij hier? Van wie heb je die 'jeep' gestolen?

Hagen was gespannen, maar zijn kennis van de Amerikanen was niet bepaald uit boeken geleerd. Dat was de manier waarop de politieman met iedereen praatte, verdachte of niet.

'Ik heb het net gestolen', zei hij. Nou, wanneer kan ik langskomen? Ze wachten op me om tien uur.

'Ze zullen de oorlog moeten winnen zonder jou. Wacht hier. Beweeg niet, want een van de dingen die daar komen, kan je als een strook papier aan de weg laten plakken.

Ze stapten op de motoren en vervolgden hun weg.

Hagen wachtte. Een paar minuten later hoorde hij het gebrul.

De aarde beefde en de telegraafdraden klonken als vioolsnaren. Zware tanks naderden.

Daar waren ze. Ze maakten de bocht met veertig mijl per uur, aan elkaar gelijmd, met zo'n kleine opening dat als een van hen abrupt remde, ze van achteren naar binnen zouden neuzen. Het waren zware tanks en hun knechten staken hun hoofd uit het torenluik.

Ze wierpen een blik op hem toen hij langskwam en een van hen zwaaide met zijn hand.

Hagen telde er twintig. Achter hen vrachtwagens volgeladen met troepen, bedekt met dikke dekzeilen, op het dak van wiens baquets een luchtafweermachinegeweer was gemonteerd. Hiervan zijn er zeventig geslaagd.

Achter het konvooi kwam nog een paar militaire politie. Hij moest de documentatie aan een korporaal laten zien en hij vertelde hem dat hij kon slagen.

Hij kwam om tien uur 's ochtends aan in Givet, nadat hij onderweg een ander konvooi tegenkwam, dit alleen met vrachtwagens. Voordat hij de eerste huizen bereikte, werd hij bij de controlepost tegengehouden door een andere MP.

"Gebruik de hoofdweg tot het eerste bord" was het bevel dat je kreeg. " Sla dan linksaf. Heb je in de frontlinie gestaan?

Hagen schudde zijn hoofd.

"Goed, ga je gang. Als er een konvooi is, rijd dan de eerste straat uit. Stop niet bij de kruising van "rue" Chanzy. Er zijn enkele typen waarvoor de borden niet lijken te zijn geschilderd.

Bij de ingang van de stad zag hij de eerste Franse uniformen. Givet is de laatste stad voor de grens. De "rue" Chanzy is de weg van Dinant, en op de kruising met degene die hij binnenkwam, waren er ook politieagenten.

Hij moest de jeep verlaten. Sommige collega's van Collins herkennen hem misschien, en bovendien krijgt een wandelende soldaat misschien minder aandacht dan een voertuig.

De straten waren overvol met soldaten en burgers. Hij verliet het voertuig even voor het Café del Comercio. Er waren daar zoveel voertuigen dat hij niet de aandacht zou trekken.

Givet heeft twee bruggen over de Mesa. Een ervan bevindt zich in de "rue" Oger, een voortzetting van de weg waarlangs hij was gekomen. De andere, een beetje naar het noorden, die een spoorlijn overstak, lag om de bocht van de algemene lijn van Rochefort naar Philippeville te doorsnijden.

Hij liep tot hij de rivier bereikte en stak de Plaza de la República over. Groepen Amerikaanse en Franse soldaten, gehuld in hun mantels, haastten zich erdoorheen. De iepen strekten hun afbladderende takken naar de hemel.

Hij stak het plein over en wierp een blik op de rivier die langzaam rechts van hem stroomde. Hij leunde tegen de borstwering en staarde naar de fundamenten.

Hagens ogen vernauwden zich. Het commando dat opdracht had gegeven tot het opblazen van de brug moet geweten hebben dat dit een bijna onmogelijke taak was.

Het zou een sloopploeg en vooral tijd en veiligheid hebben gekost om de klus te klaren. Hoe doe je dat in een paar minuten en in het hart van een stad vol soldaten?

Hij vloekte binnensmonds. Hij maakte zich los van de balustrade en vervolgde zijn weg langs de oever van de Maas om de andere brug te bereiken, aan de kade van Dervaux. De spoorbrug was minder moeilijk omdat hij van metaal was; maar de kwestie van het gebrek aan rust bleef onopgelost. De snelweg van Dinant liep langs hem heen en die snelweg werd voortdurend bereden door vrachtwagens en voertuigen van het Amerikaanse leger. Hoe dan ook, dit moest allemaal worden opgelost door de werktuigkundige, die de specialist was.

Hij vloekte binnensmonds. Ik had verschrikkelijke honger. Hij had al meer dan twaalf uur niets gegeten.

Tegenover hem was het Cafe Mallet, aan de overkant van de pier. Hij liep naar hem toe en stapte naar binnen. Daar was het tenminste warm.

'Wat gaat het worden, Joe?' Vroeg de ober. Hij was een oude man met een kaal hoofd, die zijn kale plek probeerde te bedekken met vijf haren die in een halve cirkel waren gerangschikt.

Hagen zag dat er scones op het aanrecht stonden. Hij bestelde koffie en een paar. Terwijl ze werden bediend, keek hij naar de kassier. Ze was een vrouw van een jaar of vijfendertig, mooi, met zwarte ogen en een sensuele mond.

Bij de tweede blik die hij haar aankeek, trilden de wimpers van de vrouw.

'Het is erg koud, hè?' vroeg hij met zachte stem.

'Heel erg, madame,' antwoordde Hagen in het Frans, met een sterk Amerikaans accent. "Koffie wordt gewaardeerd.

"Meneer kende deze plek niet?

"O ja, ik ben een keer gekomen, maar madame was er niet.

De vrouw nam de haak. Hagen had zijn helm afgedaan en meer dan ooit was hij blij dat hij nooit de Duitse mode had gevolgd om het haar aan de zijkanten van het hoofd en in de nek te scheren. Dat zou hem in Franse ogen onmiddellijk hebben onthuld.

De kassier keek nu naar zijn hoofd. Dan zou hij naar haar handen kijken. Hagen wist uit zijn hoofd wat vrouwen voor en na in hem zagen; Dan zou ze hem eindelijk weer in de ogen kijken. Ze deed het prompt.

'Wilt u iets met me drinken, mevrouw?' Hij vroeg. Ze hadden hem een paar Amerikaanse biljetten gegeven, een dollar en vijf dollar, waarschijnlijk vals, toen ze de kleren afleverden.

"Ik wil graag een crème de menthe.

Hij hielp zichzelf en leunde over de toonbank tegenover Hagen. Hij keek in haar ogen en toen naar haar borst. Ze deed een zet om het beter te verdoezelen, maar liet het gebaar halverwege staan.

'Waar komt u vandaan, mijnheer?

Van Toledo, Ohio. Maar dat maakt niet uit, toch?

'Nee, het maakt niet uit,' erkende ze glimlachend.

Er verscheen een militaire politieman met zijn wapenstok en zijn armband aan de deur.

'Hé jongen, documenten.

Hagen gaf ze aan hem, de politieman keek naar hen, keek naar de eigenaar, knipoogde naar haar en zei:

'Als u ophef maakt of dronken wordt, bel ons dan, mevrouw. We komen er met plezier van af.

Hij is weggegaan. Hagen gebaarde.

'Die verdoemden laten ons geen moment met rust. Zelfs niet als we rustig aan het drinken zijn.

Ze schonk hem een glas cognac in.

'Het is van het huis,' zei hij. Het is waar. Zodra er een paar jongens het café binnenkomen, komt er een van die onaangename jongens opdagen. En dat is nog erger. Hij laat me het hof maken en wil geen concurrentie.

Hij boog zich naar Hagen toe en bood hem een grotere portie decolleté aan.

"Maar voor goede klanten heb ik een rustig plekje achter me.

'Ik ben bang dat ik het nodig zal hebben,' zei Dieter, terwijl hij zijn hand uitstak en het op Madame's arm legde. Niets beter dan dat voor hem op dit moment. Een rustige plek waar je de uren die je nog hebt kunt doorbrengen, tot de komst van de ingestelde tijd. Op dat moment kwam er iemand het café binnen, Hagen wendde zich tot de nieuwkomer.

Hij ging naar de balie. Hij was een Amerikaanse soldaat, maar alleen in uniform.

Hij was eigenlijk de luitenant-kolonel van de ingenieurs, de man die het bevel voerde over Dieters groep.

Hun ogen ontmoetten elkaar slechts een seconde. Toen draaiden ze allebei hun hoofd, onverschillig.

"Een cognac" vroeg de nieuwkomer in het Frans, met een sterk Amerikaans accent.

'Kom, ik zal het je laten zien,' zei de eigenaar.

'Is uw man hier niet?' vroeg Hagen rustig.

Ze lachte, maar zonder te antwoorden. Op dat moment stak dezelfde MP die eerder was binnengekomen zijn hoofd naar buiten.

'Kom op, jongen, document,' beval hij.

De Duitser haalde diep adem. Hij haalde de portemonnee tevoorschijn met de documenten die ze hadden gekregen en gaf die aan de politieman. Hij keek ernaar, draaide het een paar keer tussen zijn vingers, en toen de Duitser zijn hand uitstak om het terug te geven, legde hij het buiten zijn bereik.

"Het is niet in orde. Kom op, kom met me mee en denk er niet aan om domme dingen te doen.

De Duitser keek niet eens naar Hagen. Leunend tegen de toonbank keek hij naar het tafereel, schijnbaar onverschillig, maar eigenlijk strak als een gitaarsnaar.

'Maar kijk, agent...' begon de Duitser.

'Ik zei kom. Maar als je wilt dat ik je anders vraag...' Hij hief het stokje in de lucht.

Hagen wist heel goed dat hij niet mocht ingrijpen. Als ze deze man uit hun groep vingen, kon de explosie nog steeds worden uitgevoerd, zij het met grote moeite; maar als ze ze allebei vingen, zou het veel moeilijker worden.

"Er wordt een rommeltje gemaakt", zei de eigenaar van het café. " Kom met mij mee.

De Duitser stak zijn hand in zijn zak. Het was een snel gebaar, maar de MP was sneller dan hij. Hij liet de wapenstok hard en boosaardig op zijn arm vallen, en de andere hapte naar adem van de pijn.

'Waar verzet je je tegen, hè? Nu zul je het zien, varken.

Hagen zette zich schrap voor het ergste. Als de luitenant-kolonel bij zijn explosieven zou komen, zou het café worden opgeblazen, en hij ook. Hij vroeg zich koeltjes af of hij de politieman kon doodschieten, en hij schoof een stukje van de toonbank af. Hij had geen zin om vervluchtigd te eindigen.

Maar de politieman was getraind om te vechten tegen soldaten die zich soms tegen hem verzetten, vooral als ze dronken waren.

Hij sloeg opnieuw met het stokje, dit keer op het hoofd van de Duitser, en de Duitser wankelde. Hij probeerde nog steeds in zijn zakken te rommelen. Toen de politieman het stokje weer ophief, slaagde hij erin zijn pistool te trekken en te schieten.

De kogel trof de politieman niet, maar maakte hem wel woedend. Vele malen hadden ze zich tegen hem verzet, maar ze hadden nooit geprobeerd hem te doden.

Hij sloeg hem opnieuw, venijnig, terwijl hij de fluit naar zijn mond bracht en luid blies om zijn metgezellen te roepen. De Duitser viel op de grond, boog voorover en zwaaide met zijn benen.

Hagen wendde zich tot de eigenaar.

'Kom op,' zei hij. Dit wordt heet en je weet nooit wat er met je zal gebeuren. Ze slagen er altijd in om iets voor ons te vinden om ons voor op te sluiten.

De politieman had de Duitser betrapt en sleepte hem het café uit en bleef hem slaan. Hagen zei tegen zichzelf dat hij dat gezicht nooit zou vergeten, rood, beestachtig, terwijl de arm bewoog als een zuiger die het toch al inerte lichaam raakt.

De eigenaar leidde hem door een achterkamer vol laden, vaten en flessen, naar een kleine kamer aan het ene uiteinde waarvan een ladder was die naar boven leidde.

In deze was het huis. Een brancard, een spinnende kachel, goed gevuld met kolen; stoelen, foto's aan de muren en een raam met uitzicht op de pier en de spoorbrug.

'Hier ben je veilig, jongen', zei ze. Wacht even, nu ben ik terug.

Buiten op straat klonk gefluit en gebrul van motoren. Vanuit het raam keek Hagen toe hoe de luitenant-kolonel werd weggevoerd in een politiejeep.

De eigenaar deed er bijna een uur over om terug te keren. Toen hij dat deed, had hij een fles cognac en een andere creme de menthe bij zich.

'Nu kunnen we dat drankje drinken. Er is een goede beweging gemaakt, God. Die arme jongen... Politie is overal hetzelfde. Eerst slaan ze en dan vragen ze. Daarvoor was het het niet waard dat ze ons hadden bevrijd. De methoden van de Gestapo waren niet slechter dan wat die kerel heeft gebruikt op de arme soldaat!

Hij zweeg even en keek Hagen aandachtig aan.

'Je had de papieren toch op orde?

'Je zag dat ik ze aan dezelfde politieagent gaf die hem arresteerde. Aan die kant hoef je je geen zorgen te maken.

Ik ben er blij om. Hoe dan ook, ze komen je hier niet zoeken.

Hagen stak zijn hand uit, pakte de vrouw en trok haar naar zich toe. Even later werden de sappige, goed geverfde lippen van de eigenaar tegen de zijne gedrukt. Terwijl hij haar kuste, herinnerde hij zich vaag Anne Wald, de 'burgemeester' van Pronsfield. Ana was een beetje jonger dan deze, maar ik had niet kunnen zeggen wie van de twee beter kuste.

's Middags moest ze naar het café om de aperitieven te serveren, omdat op dat moment alle matrozen aan de kade bijeenkwamen bij de Mallet. Het café behield de naam van de eigenaar die stierf in Arras tijdens het Duitse offensief in 1940, waardoor Bernice een weduwe werd.

Hagen zette zachtjes de radio aan en luisterde naar de geallieerde zender, die het nieuwsbulletin uitzond. De verdediging van Bastogne ging door, ondersteund nu het weer beter werd, door golven vliegtuigen. Bastogne werd voor het eerst sinds de omsingeling vanuit de lucht bevoorraad. Het Duitse offensief kon worden beëindigd. De Russen rukten verder op, in Italië rukten ze ook op. Hagen stond op het punt de radio dicht te doen toen zijn arm stopte. Ik was daar. Er waren verschillende Duitsers gevangengenomen die de bedoeling hadden om in de geallieerde achterhoede sabotage te plegen. Een van de gevangenen had bekend. Ze waren op een missie om generaal Eisenhower op zijn hoofdkwartier te vermoorden. Dankzij zijn verklaringen hoopte hij degenen die overbleven te vangen.

Hagen maakte geen gebaar. Hij sloot de radio en stak een van de sigaretten op die Bernice voor hem had achtergelaten.

Hij vroeg zich af welke van de mannen die hij bij hem zag, in die kamer in Clervaux, degene was die had gesproken. De luitenant-kolonel misschien? Een van de jonge luitenants, bang of gemarteld door de Amerikaanse militaire politie?

Hij wierp een blik op zijn tas op zijn zij, die in de hoek van de kamer lag. Er zaten genoeg explosieven in om het huis op te blazen, het hele blok, maar niet voor een van de bruggen. Aan de andere kant, hij alleen, wat kon hij doen?

Hij glimlachte scheef. Weinig, blijkbaar. Gedood worden misschien, maar het trok hem niet erg aan. Sterven tijdens het uitvoeren van de bevelen die hij had gekregen, was een van de vele ongelukken waaraan een officier tijdens oorlog wordt blootgesteld. Sterven alleen omdat, door een daad van trots of dwaze arrogantie, niet bij zijn karakter paste.

Nou, wat het ook was, dat was voorbij. Hij nam het embleem van het seinkorps, of de divisie, van het bovenste deel van zijn mouw, ik wist het niet, want de Amerikaanse emblemen veranderden met stomme frequentie, en gooide het op het fornuis.

Nu was hij een soldaat die zowel tot de ene als de andere divisie kon behoren.

Hij kon nu niet weg, want Bernice zou hem door het café zien lopen en hem vragen stellen. Ze was zo tevreden geweest met zijn gedrag dat ze hem niet los wilde laten zonder te proberen hem tegen te houden, anders kende ze geen vrouwen. Aan de andere kant had hij nog niet veel haast.

Om half twee kwam ze aan. Ze omhelsde hem en kuste hem, noemde hem haar 'petit cochon americain', en hij kuste haar terug met een zekere kilheid.

'Ik moet gaan,' zei hij.

"Zo snel, « chéri »?

'Natuurlijk. Je zou toch niet denken dat ik hier zou blijven wachten op het einde van de oorlog?

"Chéri" zou geen slecht idee zijn. Koffie heeft de arm van een man nodig, een man als jij. Het is een goede zaak, maar je hebt een baas nodig.

'Maar generaal Eisenhower heeft mijn arm ook nodig, dus we gaan geen ruzie meer maken.

Maar kom je terug?

"Ach, ja, natuurlijk. Als ze me niet ergens anders heen brengen, heb je me morgen hier voor het aperitief.

"Dan,..

Ze kuste hem opnieuw en liet een karmozijnrode vlek op zijn lippen achter, die hij vervolgens voorzichtig schoonveegde.

Eindelijk was hij verlost van die octopus. Hij pakte zijn kampeertas en ging naar beneden. Er waren nog een aantal klanten in het café, de meeste Fransen, die hem boos aankeken. Ze wisten waar het vandaan kwam, maar geen van hen zei een woord.

Eindelijk bevond hij zich in de koude straat. Een bleke zon, de zon die de geallieerden in staat had gesteld hun vliegtuigen honderd kilometer naar het oosten, bij Bastogne, te gebruiken, scheen in de grijze lucht.

Hij aarzelde geen moment. Het kon niet naar het oosten gaan, ook al was het de kortste afstand van de Duitse linies. Hij moest een omweg maken, misschien Luxemburg weer binnenrijden...

"Luxemburg".

Hij stond op het punt te lachen. Er was daar iemand die hem kon helpen. Hij was natuurlijk in gevaar, maar niet minder dan wanneer hij daar werd vastgehouden en gekoppeld aan de saboteurs. Ze zouden het hem natuurlijk niet vergeven. Die idioot die had gezegd dat het een van zijn missies was om de opperbevelhebber van het geallieerde leger te vermoorden, had hen ter dood veroordeeld als ze werden gepakt; daar twijfelde hij niet aan. Trouwens, waar zou dat vandaan komen? Of was het slechts een van de vele leugens die de geallieerden gebruikten in hun propagandadiensten? Hoe dan ook, hij wilde er nu niet achter komen.

De straten waren nog vol soldaten. Hij trok geen aandacht; Maar hij wilde ook niet dat een militaire politieman hem meerdere keren zou zien passeren en zijn gezicht zou herkennen. De rondhangende soldaten, zonder een zeldzaam item in de achterhoede te zijn, verdienden de goedkeuring van de militaire gendarmes niet.

Door de "rue" de Notre Dame daalde hij snel af totdat hij een kruising vond naar Oger, de weg waarlangs hij was gekomen. Hij liep over het trottoir, onder de bescherming van de overhangende dakrand, met een stevige stap, alsof ze ergens op hem wachtten. Toen hij het kanaal bereikte, liet hij de zak vallen, nadat hij er alles uit had gehaald wat niet de explosieven waren. De tas zonk meteen. Als een schoep over haar zou struikelen, zou ze naar de hel gaan. Zo niet, dan zou het in het slijm op de bodem blijven totdat het uit elkaar viel.

Collins' "jeep" was waar hij hem had achtergelaten. Hij stapte erop en controleerde het gas. De tank was bijna vol.

'Goed,' mompelde hij. Nu of nooit.

Hij zette de jeep in de versnelling en wachtte. Hij hoefde het niet lang te doen. Vanaf de kruising met de snelweg van Dinant arriveerde een konvooi vrachtwagens, in de rij. Het waren er vijf en ze waren zwaar beladen, maar niet met troepen, aangezien alleen kratten te zien waren door de opening die door de achterste dekzeilen was vrijgelaten.

Hij stond naast de laatste vrachtwagen en volgde hem gehoorzaam. Bij het verlaten van de stad stopte het konvooi bij de controlepost. De Kamerleden keken naar de chauffeurspapieren en maakten een armsignaal. Hagen volgde hen en niemand vroeg het hem.

Het konvooi vervolgde zijn weg over de weg van de tweede orde, omzoomd met Engelse borden die aangaven dat dit de weg naar Luxemburg was, en in veel gevallen mysterieuze borden, waarvan Hagen dacht dat ze overeenkwamen met de locaties van de verschillende eenheden.

Om vier uur 's middags kwamen ze door Wellin en om vijf uur door Libramont. Bij de ingang van elk van deze steden waren militaire controleposten, maar ze passeerden ze allemaal zonder dat een van de marechaussees zich afvroeg of die "jeep" al dan niet was opgenomen in de voertuiglijsten die de chauffeurs presenteerden.

Op Neufchateau had Hagen al vrienden gemaakt met een van de chauffeurs, een Italiaan uit Californië die lang in Frisco had gewoond. Toen Dieter hem vertelde dat hij met hen meereisde omdat hij zich daardoor veiliger voelde en dat hij naar Luxemburg zou gaan om zijn kolonel te ontmoeten om hem te ontmoeten, vertelde de Californiër hem dat hij met hen mee kon gaan, want gelukkig had de man die het bevel voerde over de konvooi was geen officier, maar een sergeant, en dat hij meestal dronken was, hoewel met grote ogen en zittend op de emmer.

Hij nodigde hem uit voor het diner en ze vierden allebei lachend dat de lading die het konvooi vervoerde badkuipen waren voor de WAC's van de vrouwelijke hulpdiensten, die Europese badkuipen niet vertrouwden, of in het algemeen iets dat het licht van Europa had gezien.

Om zeven uur 's ochtends kwamen ze Luxemburg binnen.

Het was hem gelukt. Hij had tenminste de helft van zijn doelen bereikt.

De school stond aan de Pfalzstraat, in een groot bakstenen gebouw met een leien dak, en de gemeente had daarachter kleine huisjes gebouwd voor de leraren, omringd door kleine tuintjes.

Dieter Hagen duwde zijn helm naar voren. Hij ging naar een van de huisjes, opende het hek, stak de tuin over. Hij klopte op de deur.

Een slaperige stem antwoordde hem na een moment en vroeg wat hij op dit uur wilde. Dieter antwoordde niet en eindelijk ging de deur een paar centimeter open. Er verscheen een rooskleurig gezicht, met blond haar eromheen. Met een langzame, weloverwogen beweging hief Dieter zijn helm op zodat ze zijn trekken kon zien.

De ogen van de vrouw werden groot en toen haar mond.

'Niet schreeuwen,' beval Hagen en hij zette zijn voet tussen de deuropening... 'Ik ben het, maar schreeuw niet.

Hij duwde lichtjes en ging naar binnen. Hij leunde glimlachend tegen de deur.

Maar... Dieter! OMG!

De ogen van de jonge vrouw keken naar zijn uniform. Langzaam bracht hij zijn hand naar zijn mond.

'Dieter...' herhaalde hij met gedempte stem.

'Ik wil dat je een paar uur blijft,' zei de Duitser en stak zijn hand naar haar uit. 'Ik heb het nodig, Gerda. Ik denk dat je me niet in de steek zult laten.

Gerda Rosenkrantz was een van de leerkrachten van de Luxemburgse gemeenteschool. Ze was vijfentwintig jaar oud en had een lichaam dat in elk modehuis veel meer geld zou hebben verdiend. Maar, zoals ze Dieter vele malen had verzekerd, terwijl hij lachte, had ze een echte voorliefde voor lesgeven. Ze wilde professor in de kunstgeschiedenis worden, en ze studeerde ervoor terwijl ze spinnenwebben uit de hersenen van kleine wilde zonen van mijnwerkers stripte.

"Dieter... wat doe je in een Amerikaans uniform?

"Verberg me" antwoordde hij glimlachend. Gerda, ga je me hier nog lang houden? Ik heb al een aantal dagen niets gegeten.

Hij pakte haar hand, trok haar naar zich toe en drukte zijn mond tegen haar oor.

'Ben je blij je kapitein te zien, Gerda?

Hij nam haar in zijn armen en draaide haar om. Daarna legde hij het weer neer.

"Heb je iets te eten?

Ze trok zich terug, keek hem aan en durfde niet eens te geloven wat ze zag. Gedurende de vijf maanden die Dieter met zijn afdeling in Luxemburg doorbracht, waren ze minnaars geweest. Natuurlijk bezetten de Duitsers het Principe toen, en de bewoners ervan waren in ieder geval niet erg tegen hen, zonder oprecht Germanofiel te zijn. Maar nu waren het de Amerikanen die Luxemburg bezetten.

Dieters blik verhardde merkbaar.

'Je denkt dat dit een conflict voor je is, nietwaar, Gerda? Is dat wat je nu denkt?

"Nee, nee, Dieter; ik verzeker je van niet. Maar ... het was zo'n verrassing om je plotseling te zien verschijnen en gekleed in een Amerikaans uniform ...

"Ik kwam alleen omdat ik hier dichter bij de Duitse linies zat, waar ik naar terug wil. Ik ben gevangen genomen en ik ben ontsnapt. Maar als je me niet kunt helpen...

'Wacht,' smeekte ze, hem aankijkend met haar blauwe ogen. "Wacht, Dieter, het was de verrassing...

Plots viel ze in zijn armen.

"Dieter, wat heb ik je gemist! Je kunt niet raden wat ik heb gehuild toen ik dacht aan waar je al die tijd zou zijn!

Hij streelde haar haar en dacht snel na. Hij kon niet lang in dat huis blijven. Des te meer, tot de nacht, omdat vroeg of laat zijn aanwezigheid zou worden ontdekt.

"Hoe laat moet je naar school?" Hij vroeg.

"De school werkt niet. De lessen beginnen pas volgende maand... volgend jaar natuurlijk.

'Beter, Gerda, ik heb alleen wat eten nodig, als je dat hebt, en wat informatie.

- "Ik heb eten," antwoordde ze. O, Dieter, om je zo te zien, zo, opgejaagd...! Arme Dieter!

Hagen glimlachte. Het lichaam van het meisje was aan het zijne vastgelijmd. Hun ademhalingen vermengden zich. Hij duwde het weg en keek ernaar.

'Je bent nog net zo mooi als altijd, Gerda. Ik neem aan dat Amerikaanse functionarissen het u al vaak hebben verteld.

'Hou je mond. Ik ga iets te eten voor je maken.

Hij stopte even.

'Je bent natuurlijk van plan om te vertrekken. Hoe ga je het doen?

'Ik heb nog geen beslissing genomen, maar ik zal een manier vinden om het te doen. Maak je niet druk.

"Misschien als ik wat burgerkleding zou kunnen krijgen...

'Niet. Deze zijn veel veiliger. Ik moet daar terug, Gerda, en een burger kan niet in de buurt van de frontlinie komen. Ze zouden hem meteen tegenhouden.

Ze ging naar de badkamer, kamde haar haar en waste haar gezicht en handen, terwijl Hagen naar haar keek, leunend tegen de deurpost, zich afvragend of ze roekeloos was geweest. Hoe wist hij wat het meisje dacht na tien maanden afwezigheid? Waren zijn gevoelens niet veranderd? Er was immers wat kritiek geweest van de andere leraren toen ze haar zagen met de knappe tankkapitein van het binnenvallende leger.

Toen bereidde Gerda een maaltijd bestaande uit eieren, spek en aardappelen. Hagen ging aan tafel zitten en at hongerig.

Toen hij klaar was, overhandigde ze hem een reeds aangestoken Amerikaanse sigaret.

'Zijn er hier veel troepen?' vroeg Hagen.

"Veel" keek ze hem lelijk aan, bijna zonder te knipperen. Voor een andere man zou die blik een beetje vervelend zijn geweest. Hij was eraan gewend dat vrouwen hem zo aankeken.

'Amerikaans, neem ik aan?'

'Ja, en een beetje Frans, hoewel weinig. Maar...

"Zijn er tanks?

"We hebben er veel voorbij zien komen, maar ik weet niet of ze in de stad zullen zijn. Maar Dieter, ik kan je geen informatie geven. Je bent ..., je bent van de vijand.

Hagen glimlachte terwijl hij een rookpluim naar het plafond blies.

'Ik vraag je niet om militaire geheimen, Gerda. Gewoon algemene informatie. Ik moet weten waar ik heen ga.

Ze leunde op zijn schouder. Door de dikke stoffen mantel kwam de warmte van haar lichaam naar hem toe. Hij omhelsde haar stevig, met zijn linkerarm.

'Ik blijf hier tot de nacht, als je het niet erg vindt.

'Zorgen... mij, Dieter?

"Ik heb een badkamer nodig. Het lijkt mij dat ik in ... eeuwen niet heb gebaad.

'Je zult moe zijn, toch?

Dieter niet, maar hij heeft haar niet uit haar fout gehaald. Een vrouw doet alles voor een vermoeide en hongerige man, vooral als die man voor haar is geweest wat Hagen voor Gerda was. Het kon geen kwaad dat hij ervan uitging dat hij haar nodig had.

"Niemand zal weten dat ik hier ben", zei hij. Ik zal je niet compromitteren. Ik neem aan dat je door ons problemen hebt gehad met de leiding van de school.

Zij schudde haar hoofd.

"Sommige, maar alles gebeurde snel. Mensen zijn te blij omdat ze ons de vrijheid hebben gegeven om daarover na te denken.

"Bevrijd van wat?" Hij vroeg.

"Nou... van jou.

"Bah, je bent net zo Duits als wij, ook al zet je je straatnaamborden in het Frans.

Ze kuste hem warm. En op dat moment besefte Hagen dat hij moe was. Het was alsof alle vermoeidheid die zich tijdens een week van nerveuze spanning had opgehoopt, plotseling over hem heen was gevallen. Zijn ogen gingen dicht.

Hij vocht tegen de verdoving en worstelde om zijn ogen open te houden. Het was hard werken voor hem om het te doen.

Gerda merkte dit op en ging een paar keer met haar hand door haar haar om haar droom te accentueren. Hagen kwam overeind.

"Mag ik douchen?" Hij vroeg.

Ze glimlachte naar hem. Haar ogen waren helder van tranen.

"Waarom ga je niet wat eerder slapen? Je gaat in de badkuip in slaap vallen.

Hagen besefte dat het zo zou zijn en liet zich naar bed brengen. Het was nog warm van de hitte van de jonge vrouw. Hij trok zijn laarzen uit en ging liggen. Even later sliep hij.

Hij werd wakker, geschrokken en keek op zijn horloge. Acht. Had hij niet meer dan een half uur geslapen? Maar toen hij het licht zag branden, realiseerde hij zich dat hij twaalf uur achter elkaar had geslapen. Hij stond op. Ik was fris en uitgerust. De jonge vrouw kwam binnen. Ze kwam gekleed voor de straat en droeg een pakje in haar hand.

"Ik ben even naar buiten gegaan om wat dingen te kopen om te eten" zei hij "-. Je hebt de hele dag slapend doorgebracht.

"Ja.

Hij nam een bad, wat bijna een uur duurde. Toen maakte ze eten voor hem.

"Blijf tot morgen" zei hij met zijn mond heel dicht bij zijn oor, met een zachte stem. Hagen lachte hees en schudde zijn hoofd.

'Onmogelijk. Overdag zou het veel erger zijn. Weet je of Bastogne is gevallen?

'Nee,' antwoordde ze nors. "Het is je niet gelukt om het te nemen. De Amerikanen zeggen dat ze haar de komende uren zullen vrijlaten.

Hagen stond op en knoopte zijn mantel dicht. Hij keek van zijn lengte naar de Luxemburger.

Tot ziens, Gerda, en bedankt voor alles. Als we allebei nog leven, zien we elkaar na de oorlog.

'Je bent hatelijk,' zei ze met opeengeklemde lippen. "Je bent een absoluut hatelijk wezen, en zonder hart en zonder sentiment ...

Hagen kuste haar en de laatste lettergreep ging verloren. Ze sloeg haar armen om zijn nek en verzette zich tegen het loslaten. Zo voorzichtig mogelijk maakte de commandant zich los.

"Tot ziens, Gerda", herhaalde hij. Ga alsjeblieft naar buiten en vertel het me als iemand op straat langskomt. Ik doe het voor jou, begrijp het.

Ze gehoorzaamde. Ze draaide haar gezicht naar hem toe.

"Niemand.

Ze kuste hem nog een laatste keer en Hagen stapte de koude straat op.

De jeep was waar hij hem had achtergelaten, maar hij had alleen nog maar benzine over voor meer dan enkele tientallen kilometers en hij kon er niet aan denken om te tanken. Nou, ze zouden net zo lang meegaan als ze deden.

Hij klom erin, wierp nog een laatste blik op het huis van het meisje, gehuld in de schaduwen van duisternis, glimlachte lichtjes en startte de motor.

Nu kwam het gevaarlijkste van allemaal. Kom dichter bij de voorkant.

Hij veronderstelde dat er Amerikaanse militaire controleposten zouden zijn bij de uitgang van de stad op de weg die naar Ettelbrück leidt, dus nam hij de Rippig-weg naar de Duitse grens.

Hierin zat ook een controle. Naast hem wachtten enkele tientallen legertrucks op beoordelingen. Hij realiseerde zich dat het gek zou zijn om hem met zijn voertuig te passeren, liet het in een verlaten straat achter vanwege de avondklok en liep naar een van de vrachtwagens, de laatste.

Hij rookte rustig een sigaret. Een soldaat van de bevoorradingsdienst wenkte hem.

"Geef me vuur, wil je?" - hij vroeg. Terwijl hij zijn sigaret opstak, keek hij naar Hagen. "Hoe lang denk je dat we hier zijn? Weet je iets?

"Niet meer dan jij.

'God, ik heb het ijskoud. Ik heb net een kopje koffie gedronken, maar het lijkt alsof ik het op de grond heb gegooid, te oordelen naar hoe weinig effect het op mij heeft. Ik zou alles geven voor een drankje.

De rij begon en de man rende naar zijn plaats, naast de chauffeur. Hagen dacht er niet eens over na. Hij sprong op, klom op de achterkant van de vrachtwagen en stapte voorzichtig over de dozen tot hij dicht bij de emmer was. Daar hurkte hij neer.

Er ging ongeveer een kwartier voorbij totdat de vrachtwagen met ongeveer vijftig kilometer per uur over de snelweg begon te rollen. Elke omwenteling van de wielen bracht hem dichter bij de Moezel of de Our. Hij had een onweerstaanbare drang om te roken, maar hij kon het niet.

Het geratel van de vrachtwagen deed hem een beetje in slaap wiegen, ondanks de twaalf uur dat hij had geslapen. Hij werd abrupt wakker toen zijn hoofd een la raakte.

Een formidabel gebrul bereikte zijn oren. Op de weg kwamen tanks voorbij.

Hij liep naar de achterkant van de vrachtwagen en tuurde door de banden in het zeil. Inderdaad, enorme massa's kruisten voor zijn ogen, en dichtbij, heel dichtbij, klonk het gebulder van artillerie. Het was slechts een paar kilometer van het front.

Hij sprong op en bevond zich aan de rand van de wagen.

Er stapten veel soldaten uit de vrachtwagens, terwijl de officieren van de ene plaats naar de andere renden en bevelen gaven alsof ze gek waren geworden.

"Binnenkort! Weg met dat obstakel! Zet ze weg!

Hagen mengde zich met hen, vergezeld door een rij soldaten die probeerden een vrachtwagen opzij te duwen die beide wielen aan één kant had gereden in een diepe kuil in de greppel. Ondertussen bleven de tanks naar het noorden trekken. Op dat moment ontplofte een granaat vlakbij de plaats van Dieter. Hij dook automatisch weg en naast zich voelde hij het gedempte gekreun van een man die zojuist gewond was geraakt. Toen schreeuwde de gewonde man eindeloos. Hagen maakte zich van hen los en ging het veld in. Groepen soldaten renden van de ene naar de andere kant en het leek de Duitse commandant dat ze nauwelijks wisten wat ze moesten doen.

Hagen voegde zich bij een van de groepen die naar het noorden gingen. Het bestond, voor zover hij kon nagaan, uit ingenieurs. Onder hen waren veel zwarten.

Terwijl hij achter hen liep, werden er verschillende fakkels aan de horizon ontstoken. De groep stopte, terwijl de officier schreeuwde dat ze door moesten gaan. Boven hen hoorden ze het geluid van straalmotoren.

Achter hen reed een rupsauto het veld in. De explosies van de bommen klonken steeds dichterbij.

Hagen vroeg zich af of het slechts een bombardement was of betekende het dat het front heel dichtbij was, wat hij uit alle macht wilde.

De fakkels bleven de nacht verlichten met koud wit licht. In zijn blik kon hij de gezichten van de Amerikaanse soldaten zien, met gespannen trekken, met grote ogen. Het was vreemd om de ogen van de zwarten te zien, in het midden van hun donkere gezichten.

Een granaat viel heel dicht bij hen en ze wierpen zich allemaal op de grond. Toen begon een stem te schreeuwen dat er tanks naderden.

Als het een Duitse opmars was, kon Hagen, te midden van de duisternis en de nervositeit van de strijd, zich niet identificeren met de zijne. Hij begon te denken dat het een slecht idee was geweest om niet tot de ochtend te wachten om te proberen naar de andere kant te springen.

De soldaten deinsden niet terug. Hun officier, die bijna altijd voor hen uit marcheerde, schreeuwde hees dat ze een rij moesten krijgen. Ze gingen verder, na de korte aarzeling van de bom.

Ze moeten de weg weer hebben benaderd, want ze hoorden de zware tanks er weer langs komen. Alles was lawaai, verwarring en duisternis, behalve toen de fakkels langzaam uit de lucht neerdaalden en alles met bewegende schaduwen vulden.

Hagen stuitte op een gevallen lichaam, waarschijnlijk een lijk, en ging verder, altijd op de hielen van de soldaten. De hele horizon lichtte op door de ontploffing van de granaten, alsof het vuur had gevat. Er werd gevochten, en niet ver daarvandaan.

Eindelijk, na bijna een uur verbijsterende mars, kwamen ze bij een plek met lage stenen hekken. Ze besprongen hen en bevonden zich in wat leek op een boerenerf, waar meer soldaten waren. De officier die het bevel voerde, naderde een andere, wiens revers een eikenblad was.

'Op uw bevel, commandant,' zei de werktuigkundige. We brengen het prikkeldraad.

"Verdomme het gebrek dat het al doet, en vervloekte het gebrek dat ze zo'n bevel hadden gegeven", antwoordde de ander schreeuwend, zijn gezicht in ontbinding. Wat we nodig hadden waren tanks en 'bazooka's', en ik denk niet dat jullie ze in een karretje van vijf centimeter hoog brengen.

"Nee, meneer," antwoordde de officier.

"Er staan tanks achter die huizen. Nee, je kunt ze niet zien, totdat we meer fakkels afvuren, maar het feit is, ze hebben ons twee uur geleden met mitrailleurs beschoten. Kijken wat ze kunnen doen met de materialen die ze meebrengen en wat ze daar vinden. We moeten voorkomen dat die tanks de weg bereiken en de konvooien afsnijden of vertragen. Je begrijpt me niet, idioot? Beweeg je benen!

"Ja meneer. Jongens, aan het werk!

Een lichtflits ontplofte in de lucht boven hen, en hij daalde neer aan zijn kleine parachute en verlichtte alles. Hagen keek even voor zich uit.

Deze boerderij stond niet geïsoleerd, maar maakte deel uit van een groep. Achter de laatste zag hij de bekende kanonnen van twee of drie "Tijgers" langzaam naar links bewegen. Toen begonnen ze te schieten en hij viel op de grond.

De schoten van de "Tijgers" troffen de boerderij twee keer, waarvan de muren nog overeind stonden en ze doorboorden alsof ze van modder waren gemaakt. Een scherpe wolk van stof en gips deed hem hoesten.

"Stop die tanks!" schreeuwde de eikenbladige officier. Stop ze!

Maar blijkbaar waren er daar geen antitanks, geen 'bazooka's'. De officier wenkte en een soldaat, gewapend met een draagbare radio, haastte zich naar hem toe. De officier begon aanhoudend te roepen, terwijl hij vloekte. Hij belde XV 34, en toen ze hem eindelijk antwoordden, zei hij dat er verschillende Duitse tanks tussen zaten, dat als ze vergeten waren dat ze het al twee uur hadden gezegd, en dat de kolonel persoonlijk zou komen om de kanonnen aan te raken. van de Duitse tanks als hij eraan twijfelde.

Hagen glimlachte. Hij had zich gerealiseerd dat de tanks de boerderij niet frontaal probeerden aan te vallen, maar op iets wachtten, misschien versterkingen, want wat ze aan het doen waren, was heen en weer ijsberen, terwijl ze schoten, terwijl dat in feite niet het geval zou zijn geweest. veel werk. de gebouwen vegen.

Hij begreep wat hij moest doen, en hij deed het zonder een minuut te verspillen.

Omdat niemand hem opmerkte en ook niet verwachtte dat hij iets zou doen, liep hij weg, zichzelf beschermend met een van de hoeken van de muren.

Hij vouwde het op en bevond zich aan de voorkant van de boerderij. Hij bleef even staan, toen de fakkel doofde, en hij hoorde tankkogels over zijn hoofd vliegen, de lucht beroerden met sinistere krijsen. Toen hij ze hoorde, begreep hij dat de tanks nu niet op de boerderij schoten, maar de hoek van het vuur hadden verhoogd om 'achter de boerderij' te vuren.

Dat kon maar één ding betekenen: infanterietroepen naderden

Als ze hem daar betrapten, in een Amerikaans uniform, zou het zinloos zijn te schreeuwen dat hij een Duitse commandant was. Ze zouden een bajonet in zijn lichaam steken en hun opmars voortzetten. Dus deed hij het enige wat hij nu kon doen: op de grond vallen en helemaal stil blijven staan.

Dat hij geen ongelijk had, bleek wel uit het feit dat er even geen fakkels meer werden aangestoken. De officier met het eikenblad op zijn revers moet dat ook hebben opgemerkt, want hij hoorde hem achter zich schreeuwen, om lichten roepen en zijn mannen opdragen voorzichtig te zijn, dat dit een bloedige val was.

Er was een gespannen wachten. Bijna vijf minuten.

En plotseling, terwijl hij onder het vizier van de helm keek, zonder zijn hoofd van de grond te tillen, zag hij een bundel voor zich verschijnen, springend over de muren van de boerderij. Een ander, nog twee, vijf, tien volgden hem.

Ze leunden naar voren, geweren in de hand, maar Hagen kon hun vierkante helmen al onderscheiden. Duitsers, het waren Duitsers.

Het bewoog niet. De eerste schutter passeerde hem, lopend als een wolf, en naderde de hoek van de muur. Twee anderen, met tussen hen in wat een mortier moet zijn. Ze plaatsten het in een oogwenk, terwijl de plaats zich vulde met soldaten, en ze lanceerden het eerste projectiel.

Hagen bleef roerloos staan. Hij luisterde naar het lawaai dat de Amerikanen achter hem maakten. Hij had een Duitse soldaat naast zich, zo dichtbij dat hij de scherpe geur van zijn kleren kon ruiken, nat en bezweet. Hij was een schutter die bijna even stil stond als hij.

Toen rukten de soldaten op en zorgden er niet langer voor hun aanwezigheid te verbergen. Maar er volgden er meer en tegelijkertijd begonnen de tanks te bewegen.

Hij hoorde de bevelende stemmen van een Duitse officier die de soldaten schreeuwde om het gebouw te omcirkelen, en het geknetter van schutters en machinepistolen.

Hij riskeerde zijn hoofd een beetje op te heffen. Duitse infanteristen kwamen voorbij en verpletterden alles met hun laarzen. De tanks hadden hun mars naar links gericht en een van hen lanceerde projectiel na projectiel op de Amerikanen.

Op dat moment waagde hij het om rechtop te gaan zitten, in de verwachting dat hij elk moment het staal tussen zijn ribben zou kunnen voelen. Maar hij had de witte epauletten van een officier met gouden nagels zien glimmen.

"Gezagvoerder!" Hij belde.

De agent hoorde hem niet en Hagen herhaalde de oproep. De ander draaide zich naar hem om en richtte het pistool onmiddellijk op hem.

"Niet schieten! Majoor Hagen van tanks op speciale missie!

De officier vuurde en de kogel begroef zich naast Hagens hoofd, dankzij het feit dat Hagen snel had gehandeld.

"Niet schieten! Ik ben Duits! Majoor Hagen van de tanks!

De agent] bleef naar hem wijzen. Toen blafte hij snel een bevel en twee soldaten stonden naast Hagen, bajonetten op twee centimeter van zijn neus.

'Breng hem terug.

Hagen kwam langzaam overeind. Een nieuwe golf soldaten verscheen over het hek. De schoten klonken verder weg. Ze moeten de verdedigers van de boerderij inmiddels hebben uitgeschakeld.

Met bajonetten die naar hem staken, beende Hagen naar het hek. T] kapitein had benaderd. Zijn ogen zochten koeltjes naar Dieter.

'Wat zeg je, hond?' Hij vroeg.

Hagen legde zijn handen op zijn helm en werd meteen doorboord in de nieren.

"Ik wil het gewoon afdoen", zei hij. Ik ben majoor Hagen, op een speciale missie achter de vijandelijke linies. Als er een hogere officier onder u is...

'Ik ben genoeg voor wat er met je moet gebeuren. Kom op, jongens, neem het terug. En als hij probeert te ontsnappen en jij hem vermoordt, zal ik niet degene zijn die klaagt. Terug met hem!

Er arriveerde een officier met gevlochten epauletten en een gouden spijker erin. Hij was zijn helm kwijt of afgedaan en zijn blonde haar hing in de lucht.

"Wat doe jij hier, Borst?" vroeg hij aan de kapitein. Waarom blijf je niet bij je mannen?

"Die Amerikaan zegt dat hij Duits is.

'Ik ben majoor Hagen, luitenant-kolonel' herhaalde Dieter voor de derde keer. Tweede Brigade, Derde Regiment, Tweede Divisie van Generaal-majoor Schlechter, Vijfde Leger "Panzer" ... "Generalleulnanl" Von Manteuffel.

De luitenant-kolonel luisterde naar hem met zijn ogen op hem gericht. Was erg jong.

"Breng hem.

Ze leidden hem naar achteren. Een van de tanks stond stil en het hoofd van zijn baas stak uit het luik. Een gloed verlichtte spookachtig zijn gelaatstrekken.

"Luitenant! Luister naar deze man...!

Hij kon het niet afmaken. De man die door het luikje tuurde staarde Hagen aan.

"Gezagvoerder!" Hij riep uit.

"Majoor" antwoordde Hagen glimlachend.

"Ken je hem?" Vroeg de luitenant-kolonel van de infanterie.

'Ja, luitenant-kolonel. Het is de kerel... het is majoor Hagen, van de Tweede Divisie.

De luitenant-kolonel glimlachte.

Wat voor bliksem en donder deed je daar, in een Amerikaans uniform?

'Bijzondere dienst, meneer. Ik moet mijn superieuren onmiddellijk zien.

"Het is oké. Ik zal ze hem terug laten nemen. Maar de lijnen zijn erg verward. De voorkant lijkt me erg vloeiend.

Hij stak zijn hand uit en schudde die. Toen rende hij achter zijn mannen aan.

Hagen liep verder. Voor zijn plezier zou hij naar de "Tigre" zijn gegaan van waaruit de tankerluitenant hem begroette, maar eerst moest hij zich melden. Verdomme rapporten, vijftig keer verdomme, vooral als ze slecht nieuws moeten aankondigen.

"Heb je een aap?" Hij vroeg de luitenant. Ik kan onze rangen niet doorlopen in deze kleren.

Onder de blik van de twee soldaten die hem hadden bewaakt, en die van de luitenant, trok hij zijn kaki mantel, tuniek en broek uit en trok, rillend in de koude nacht, zijn overall aan. Een van de soldaten reikte hem een mantel aan.

'Kom op,' zei Hagen.

Hij keek nog een laatste keer achter zich, naar voren. Een lichte tic trok zijn rechterwang. Na alles wat hij in de geallieerde achterhoede had gezien, wist hij dat dit Duitse offensief waarschijnlijk de laatste slag van de Reichwehr zou zijn. De laatste.

Het was niet mogelijk. Er waren te veel mannen, te veel tanks, te veel artillerie, te veel van alles. Het was genoeg voor hem om te kijken naar deze soldaten die hem omringden, mager, als haviken, uitgemergeld, die alleen patriottisme, ondersteund en vergeleken met die andere robuuste, goed gevoede GI's ...

Ja, het zou een van de laatste Duitse offensieven zijn, als het niet de laatste was.

Toen liep hij met een stevige stap naar de wachtende auto.

EINDE